Gunda Lang

Besser in der Schule

Mentaltraining für Kinder und Jugendliche

VERLAG PETER ERD · MÜNCHEN

Komplett überarbeitete Neuausgabe 1997
Umschlagfoto: Tony Stone, München
Umschlaggestaltung: Studio Höpfner-Thoma

ISBN 3-8138-0437-2

Inhalt

Vorwort

Bisher sind Bücher dieser Art nur für Erwachsene geschrieben worden. Viele Erwachsene, besonders Manager, bedienen sich bereits seit Jahren der beschriebenen Techniken und genießen die Erfolge, die sie beständig haben. Ich bin der Meinung, daß diese wunderbare Möglichkeit, garantiert erfolgreich zu sein, indem man gezielt an sich und für sich arbeitet, auch Kindern und Jugendlichen zugänglich gemacht werden muß. Denn auch oder gerade den Altersgruppen, die zusätzlich noch mit Entwicklungs- und Pubertätsproblemen belastet sind, muß dieses erfolgsbringende Instrument an die Hand gegeben werden, damit sie sich selber helfen können, ganz gleich, welcher Art ihre Probleme auch immer sein mögen. Daher, liebe junge Leserinnen und Leser, entstand dieses Buch - für euch zum Nutzen, für euch, damit ihr Zufriedenheit, Glück und Erfolg erlangen könnt wie die Erwachsenen, für die es solche Bücher schon lange in großer Zahl gibt. Vielen von ihnen haben diese Techniken die große Wende in ihrem Leben ermöglicht, nämlich die Wende zu Glück und Erfolg.

1

Warum dieses Buch geschrieben wurde

Hilfe für Kinder und Jugendliche

Liebe Kinder, liebe Jugendliche, dieses Buch wird euch helfen, mit euren Problemen und Störungen seelischer und gesundheitlicher Art selbst fertig zu werden. Ihr lernt hier eine Technik, die leicht zu verstehen und einfach anzuwenden ist. Ihr müßt euch aber an die Anweisungen halten, so wie es euch erklärt und beschrieben wird. Vor allen Dingen müßt ihr mit Durchhaltevermögen eure Ziele anstreben. Dann werdet ihr alles, was innerhalb eurer geistigen und körperlichen Möglichkeiten liegt, erreichen. Unterschätzt euch aber nicht. Strebt für euch das Beste an.
Verwandelt eure Pechsträhne in Erfolg. Verliert eure Ängste und Minderwertigkeitsgefühle. Denn ihr seid alle eigenständige Persönlichkeiten, und ihr habt das Recht, auch als solche durchs Leben zu gehen. Werdet zufrieden und glücklich, denn ihr könnt nun selbst euer eigenes Leben gestalten.

Das Gesetz der guten Gedanken

Nur an ein Gesetz müßt ihr euch halten: Eure Wünsche und Gedanken müssen gut sein. Ihr müßt die Liebe, die Nächstenliebe, Menschen, Tieren und Pflanzen gegenüber, zu eurem Grundsatz erklären. Vergeßt aber nie: Böse Gedanken, böse Wünsche, egoistische Ziele, das heißt, wenn der Wunsch für euch einen Vorteil bedeutet, aber gleichzeitig einer anderen Person schaden würde, müssen dringend vermieden werden.
Betrachtet diesen Aufruf zu immer guten, liebevollen Gedanken für euch selbst und für andere als Warnung und als Empfehlung, damit

euch alles gelingt und ihr eure wertvollen geistigen und seelischen Kräfte nicht sinnlos oder zu eurem eigenen Schaden vergeudet. Setzt sie vollständig und gezielt nur für eure Erfolgswünsche ein, denn ihr seid es wert. Verschwendet eure wertvollen Kräfte nicht mit Angst, Wut, Haß und Streit. Das schwächt euch und hindert euch, erfolgreich zu sein.

Ein Beweis für Gedankenkraft

Nun zum Beweis, wie bedeutsam diese Empfehlung ist, ein Experiment, das euch verblüffen und überzeugen wird.
Sucht euch jemanden aus eurer Familie oder aus dem Freundeskreis, der eure Größe hat und auch ungefähr so stark ist wie ihr selbst. Dieser stellt sich vor euch hin und hebt den rechten Arm waagerecht bis zur Schulterhöhe. Er soll ihn kräftig anspannen, so daß er nicht herunterzudrücken ist. Nun versucht einmal, diesen Arm mit zwei Fingern am Handgelenk herabzudrücken, wobei die Versuchsperson kräftig dagegendrückt, also Widerstand entgegensetzt. Schafft ihr es? Nein! Dann tragt eurer Versuchsperson auf, die Augen zu schließen und an eine Person zu denken, die sie verabscheut. Sie soll sie sich genau als Bild vorstellen. Wartet ein paar Sekunden, bis die Person das bewerkstelligt hat. Nun macht den Armtest noch einmal. Schafft ihr es jetzt, den Arm herunterzudrücken? Ja!
Wiederholt das Ganze noch einmal, indem ihr die Versuchsperson an eine Person denken laßt, die sie sehr lieb hat. Ihr werdet feststellen, daß die Kraft wieder da ist und ihr den Arm nicht mehr herunterdrücken könnt.Nun habt ihr erkannt, wieviel Kraft euch schlechte Gedanken, Haßgefühle, Furcht oder ähnliche negative Empfindungen nehmen. Sie machen euch regelrecht schwach. Ihr müßt das unbedingt vermeiden, ihr dürft das einfach nicht erlauben, denn es schadet nur euch selbst. Der Gehaßte erfährt oft nicht einmal von eurem negativen Gefühl für ihn. Und ohnehin schadet es ihm nicht im geringsten – nur euch selbst.
Setzt eure wertvollen Kräfte für euer eigenes Fortkommen und zu eurem eigenen Vorteil ein, dann sind sie gut genutzt. Und ihr werdet zufriedene und glückliche Menschen sein.

2

Was ist Mentaltraining?

Die große Kunst, mit der man sich selbst helfen kann, heißt „Mentaltraining". Das Wort erklärt sich aus „mental", was „geistig" bedeutet, und „Training", was Übung heißt. Es ist also eine geistige Übung – eine Übung im Geiste. Im menschlichen Geiste schlummern viele Kräfte, die es zu entdecken gilt, damit man sie sich zunutze machen kann. Diese Kräfte möchten auch entdeckt werden, denn sie sind dem Menschen mitgegeben worden, damit sie ihm zu Glück, Gesundheit und Erfolg verhelfen sollen.

Mit Hilfe dieses Buches sollen auch schon Kinder und Jugendliche lernen, ihre mentalen Kräfte zu erkennen und mit ihnen für ihr eigenes Fortkommen zu arbeiten.

Gedanken sind Energie

Denke einmal an den elektrischen Strom. Er ist Energie, die durch die Stromkabel fließt, und wenn ein Gerät eingeschaltet wird, strömt diese Energie da hinein und bewirkt etwas, das uns von großem Nutzen sein kann. Genauso muß du dir deine Gedanken vorstellen. Sie sind auch Energie, die du strömen läßt, und auch sie können eine Menge bewirken. Wenn du nun lernst, diese Energie, diese ganzen Energieströme, gezielt für dich selbst in Gang zu setzen, hast du ungeahnte Vorteile gegenüber deinen Mitmenschen, die von all dem nicht einmal etwas ahnen oder gar nichts von der hier beschriebenen Technik wissen wollen.

Lerne die geistige Arbeit und betreibe Mentaltraining, und du wirst sehr bald merken, was für wunderbare Wirkungen du erzielen kannst. Deine Erfolgswelle wird nicht abreißen. Du wirst in allen Situationen Sicherheit empfinden, denn das Mentaltraining hat dir dazu verholfen. Übe es täglich, dann kannst du bald mit den ersten Erfolgen rechnen.

3

Erfahrungen mit Schülern

Zwölfjährige Kinder lernen Mentaltraining

Mit zwölfjährigen Jugendlichen habe ich Kurse in Mentaltraining durchgeführt. Jede Woche trafen wir uns für neunzig Minuten. Die Schülerinnen und Schüler verstanden schnell und erkannten die ungeheuren Möglichkeiten, die sich ihnen auftaten. Sie arbeiteten intensiv mit und konnten schon nach sechs Wochen über erste verblüffende Erfolge berichten. Das spornte natürlich weiter an. In ihrer Begeisterung wollten sie auch Familienmitglieder überzeugen, damit auch diese in den Genuß des Mentaltrainings kommen sollten. Aber sie wurden meistenteils nicht ernst genommen. So behielten sie dieses kleine Wunder für sich; es blieb von nun an ihr Geheimnis. Wenn die Lehrer fragten, warum die Klassenarbeiten plötzlich besser, oft auch viel besser wurden, ohne daß sie ersichtliche Hilfe erhalten hatten, dann schwiegen die Mädchen und Jungen. Denn dieses Wunder der Kraft des Geistes, die im Unterbewußtsein steckt, ist noch zu unbekannt, als daß man zu jedem offen darüber sprechen könnte.

Und wer möchte sich für etwas auslachen lassen, das ihm so viel Gutes, so viel Glück und Vorteile bringt?
So schwiegen die Kinder und arbeiteten jedes für sich allein weiter.

Zwei Schülerinnen berichten

Nun sollen zwei Schülerinnen der ersten Gruppe selbst zu Wort kommen und euch sozusagen von Kind zu Kind oder von Jugendlichem zu Jugendlichem berichten, wie sie an die Kunst des Mentaltrainings herangegangen sind. Ihr erfahrt von ihrer natürlichen

Neugier und ihrer Skepsis, die sich schließlich in Begeisterung verwandelten.

Laßt euch erzählen. M.S., inzwischen dreizehn Jahre alt, schreibt: „Zu Beginn des sechsten Schuljahres wurden die Arbeitsgemeinschaften (AGs) angeboten. Eine davon hörte sich interessanter an als alle anderen. Sie hieß: Erfolg kann man lernen! Aus Neugier wählten einige aus meiner Klasse diese AG, auch wenn wir nicht so richtig wußten, was wir dort machen würden. Und dann hatten wir es tatsächlich geschafft, dort hineinzukommen.
Wir waren schon sehr gespannt auf die Lehrerin, die die AG mit uns durchführen wollte. Dann war der Tag des ersten AG-Unterrichts gekommen. Wir platzten beinahe vor Neugier. Als es zur Stunde klingelte, liefen wir schnell zum Klassenraum, der uns zugewiesen worden war. Die Lehrerin schloß den Raum auf. Dann schoben wir die Tische zur Seite und setzten uns in einem Stuhlkreis zusammen. Als erstes nannten wir unsere Namen und sagten, was wir uns unter dem AG-Thema *Erfolg kann man lernen* vorstellten.
Frau L. erzählte uns dann, was sie mit uns in dieser AG vorhatte. Doch wir waren etwas mißtrauisch.
Aber nach kurzer Zeit stellten wir fest, daß die Schulstunden in dieser AG nur so dahinflogen. Am liebsten hätten wir noch den ganzen Tag so weitergemacht. Und dann freuten wir uns schon immer sehr auf die nächste Stunde.
Als erstes lernten wir, wie man sich etwas genau und lebendig vorstellt. Schon in der zweiten Woche übten wir das Entspannen. Auch hörten wir von Erfolgen, die man durchaus erreichen kann. Wir aber fanden es etwas übertrieben, da wir noch nicht alles glauben konnten, was uns Frau L. erzählte.
In den nächsten beiden Wochen machten wir immer wieder Entspannungsübungen, und es klappte schon viel besser; wir fühlten uns sehr wohl dabei. Jetzt freuten wir uns immer riesig auf diese Arbeitsgemeinschaft.
Interessant waren auch einige Experimente, die wir machten, um die Kraft der Gedanken zu beweisen. Am besten war der Armtest. Das hätten wir nicht gedacht, wie schwach man wird, wenn man Schlechtes denkt. Als wir diesen Versuch durchgeführt hatten, waren wir begeistert. Wir redeten noch viel über diesen Test.

Wir fanden es toll, daß es Erwachsene gibt, die so etwas mit Kindern machen, denn nicht nur Erwachsene haben Probleme, sondern auch Kinder. Wir konnten nun selbst unsere Fähigkeiten verbessern und auch Probleme ganz allein lösen. Und wir sind froh, daß wir nun niemanden mehr brauchen, der uns hilft. Denn man hat ja nicht immer jemanden, dem man sich anvertrauen kann.
Meine Erfolge durch Mentaltraining sind einfach super! Ich hätte nie gedacht, daß man eine solche Kraft hat und damit viele Probleme aus der Welt schaffen kann. Ich bin so froh, daß auch mal jemand angefangen hat, es mit uns Kindern zu machen; ein Erwachsener, der unsere Probleme ernst nimmt, der nicht darüber spottet, sondern in Ruhe zuhört und versucht zu helfen. Ach, herrje! Ich rede nur drum herum, aber jetzt versuche ich, zur Sache zu kommen. Ich hatte vor langer Zeit ein Geschwür am Hals, das sehr schmerzte. Manchmal konnte ich gar nicht richtig schlucken und abends schlecht einschlafen. Als ich hörte, daß ich damit zum Arzt gehen sollte, bat ich darum , noch ein paar Tage zu warten. Diese Tage nutzte ich, um mein Krankheitsbild zu bessern. Ich meditierte, entspannte mich viele Male am Tag und suggerierte mir: *„Ich bin gesund!"* Und tatsächlich – nach fünf Tagen war mein *Ei* am Hals verschwunden. Meine Eltern konnten es sich nicht erklären, daß es schon am nächsten Tag besser wurde. Aber dann war es ihnen egal. Sie glaubten mir nicht, was man alles durch Entspannen und Vorstellungen erreichen kann. Aber beeinflussen konnten sie mich nicht. Mir war es dann auch gleichgültig, was sie dazu sagten. Ich glaubte an meine innere Kraft, und das half mir!
Viele Schüler haben Angst vor Klassenarbeiten. Mir erging es nicht anders. Vor Arbeiten hatte ich immer wahnsinniges Bauchweh. Und während der Arbeit zitterte ich am ganzen Leib. Schrecklich war das, und manche Arbeiten waren dann auch nicht so gut wie gewünscht. Da half auch Üben nichts. Natürlich bekam ich dadurch Krach mit meinen Eltern, da sie meinten, ich sei zu faul, ich passe nicht auf, obwohl ich sonst eine ganz gute Schülerin bin, was die mündlichen Zensuren betrifft.
Ich hatte ja bereits gelernt, wie man Probleme bewältigen kann. Also bin ich hier auch nicht untätig geblieben. Ich machte Mentaltraining. Ich stellte mir immer vor, daß ich in der Schule gut bin und daß meine Eltern sich freuten und meine Lehrer mich liebten.

Das machte ich so vierzehn Tage lang , jeden Tag zweimal. Und tatsächlich stellte sich der erwünschte Erfolg auch ein. Von nun an ging ich immer ganz gelassen an die Klassenarbeiten heran. Ich habe davor keine Bauchschmerzen mehr gehabt, habe während der Tests nicht mehr gezittert und keine Angst mehr gehabt, daß ich die Arbeit nicht rechtzeitig fertig bekomme. Alle Schwierigkeiten waren wie weggeblasen. Toll! Jetzt fielen die Arbeiten auch immer besser aus, und der Ärger mit meinen Eltern war auch verschwunden. Ein Glück!
Ganz kurz möchte ich noch einmal etwas anderes ansprechen: *Olympia 1988!* Ben Johnson hatte Dopingmedikamente genommen und mußte ja seine Goldmedaille an Carl Louis abgeben (100-m-Lauf). Der Trainer von Carl Louis sagte in einem Interview, er brauche seine Sportler gar nicht zu dopen, er bete und meditiere mit ihnen.
„Wahrscheinlich macht er mit ihnen auch Mentaltraining, und es ist vielleicht ihr tolles Geheimrezept."

M. S.

S. W., inzwischen dreizehn Jahre alt, schreibt: „Als ich in der sechsten Klasse war, wurden uns zu Beginn des Schuljahres viele Arbeitsgemeinschaften angeboten. Eine davon hieß: *Erfolg kann man lernen!* Ich meldete mich sofort für diese AG, denn sie sagte mir gleich zu und machte mich sehr neugierig.
Wir lernten dort viele tolle Dinge wie Konzentration, Vorstellungsvermögen, Phantasie entwickeln und Entspannungsmöglichkeiten. Dabei lief schöne Meditationsmusik. Diese half uns, in unserer Phantasie schöne Bilder und Szenen zu erleben .
Wir machten auch einige interessante Versuche, die uns deutlich zeigten, wie stark unsere Gedankenkraft ist. Diese Versuche überzeugten uns davon, wie viele geheime Kräfte in uns vorhanden sind, die wir für uns selbst zu unserem großen Vorteil einsetzen können.
Mir hat diese AG sehr gut gefallen, und ich habe sie auch anderen Schülern empfohlen.
Wir haben viel gelernt, und was das Wichtigste ist: Wir haben etwas für unser ganzes Leben gelernt."

S. W.

Kinder erzählen selbst von ihren Erfolgen

Wenn die Kurse zu Ende gingen, interessierte sich natürlich jeder für die Erfolge der anderen. Es wurde alles erzählt, und die Kinder haben alles aufgeschrieben. Mit dem Einverständnis der Schülerinnen und Schüler der Arbeitsgemeinschaften erfahrt auch ihr nun von ihren Erfolgen, allerdings wurden – ebenfalls auf Wunsch – alle Namen geändert! Ihr werdet feststellen, daß fast alle Probleme auftauchen, die ein junger Mensch nur haben kann.

Marianne, *zwölf Jahre:* „Ich bin aufgrund der AG in Englisch viel besser geworden und habe jetzt die zweitbeste Arbeit vom ganzen Kurs geschrieben."
Diana, *zwölf Jahre:* „Ich habe abgenommen."

Peter, *dreizehn Jahre:* „Meine Pflegemutter will mir nie neue Kleidung kaufen. Ich wünschte mir neue Kleidung. Ich habe eine Woche täglich mehrmals geübt, und ein paar Tage später bekam ich neue Sachen."

Ingrid, *11 Jahre:* „Ich habe mich in Mathematik wesentlich verbessert. Ich habe auch erreicht, daß ich Tennis spielen darf."

Janette, *zwölf Jahre:* „Meine Klassenlehrerin hat mich immer so schlecht behandelt. Ich habe mir in entspanntem Zustand immer vorgestellt, daß sie freundlich zu mir ist und sich freut, wenn sie mich sieht. Sie ist jetzt viel netter zu mir. Ich verstehe mich auch mit meinem Freund viel besser.
In der Schule habe ich mich in einigen Fächern verbessert."

Fritz, *zwölf Jahre:* „Ich habe in Mathematik immer nur Vieren geschrieben. Jetzt habe ich eine Zwei. Der Lehrer hat vielleicht gestaunt."

Manfred, *zwölf Jahre*: „Ich bin im Fußball kämpferischer geworden, denn ich gebe nicht mehr so schnell auf und resigniere nicht mehr, denn ich habe mir früher nichts zugetraut. Ich habe jetzt mehr Initiative und bin ausdauernder im Training."

Anna, *zwölf Jahre:* „Ich habe erreicht, daß ich in den Wald reiten darf. Im letzten Diktat hatte ich nur sechs Fehler, sonst hatte ich immer viel mehr."

Michaela, *zwölf Jahre:* „Mein Pferd ist viel ruhiger geworden, es gehorcht mir besser, es versteht mich besser. Ich reagiere nicht mehr sauer, wenn es einmal etwas aufgeregt ist."

Katharina, *zwölf Jahre:* „Meine Verdauungsstörungen, weswegen ich auch schon ins Krankenhaus mußte, sind ganz verschwunden. Ich habe jetzt in Bio eine Zwei geschrieben."

Sabine, *zwölf Jahre:* „In Mathe habe ich tolle Arbeit geschrieben. In Bio habe ich eine Zwei und eine Drei geschrieben und bekomme jetzt eine Zwei im Zeugnis. Ich habe mich um eine Note verbessert."

Nadine, *zwölf Jahre.* „Ich hatte eine Allergie gegen Äpfel. Nachdem ich einige Wochen Mentaltraining gemacht habe, war sie weg. Ich habe öfter Äpfel gegessen, sogar zwei Stück am Tag und habe keine Beschwerden bekommen."

Annegret, *zwölf Jahre:* „Ich zanke mich nicht mehr mit meinen Eltern.

Christel, *zwölf Jahre:* „In Rechtschreibung bin ich um eine ganze Note besser geworden.
Ich habe meiner dicken Schwester das Mentaltraining beigebracht, und sie hat vierzig Pfund abgenommen."

Marie, *zwölf Jahre:* Ich hatte am Hals in der Nähe der Schlagader eine unangenehme Verdickung. Die Ärzte waren ratlos und konnten dagegen nichts machen. Ich habe die Verdickung durch Mentaltraining weggekriegt.
Ich bin in Mathe besser geworden.
Ich habe Freunde gewonnen.
Ich kann mich besser konzentrieren. Ich werde nicht mehr aufgeregt, wenn etwas schiefgeht.

Ich verstehe mich besser mit meinen Eltern.
Ich kann mich besser durchsetzen."

Dieses Mädchen hat von allen am ernsthaftesten gearbeitet, weil sie die meisten Probleme hatte. Nun war sie glücklich, daß sie alles allein ins Positive umwandeln konnte. Nach dem Lehrgang *Mentaltraining* hatte sie ein wertvolles Werkzeug in der Hand, das sie intensiv einsetzte. Sie wurde ein froher Mensch.

Annette, *zwölf Jahre:* „In Mathe hatte ich immer nur eine Vier oder Fünf. Aber jetzt habe ich eine Drei und eine Zwei geschrieben.
Mein Problem ist, daß ich zu dick bin. Ich habe schon etwas abgenommen."

Tina, *zwölf Jahre:* Ich habe in Bio einen Punkt an der Zwei vorbeigeschrieben. In Physik habe ich eine Drei geschrieben, und im Zeugnis bekomme ich jetzt eine Zwei.In Mathe habe ich immer Vieren geschrieben. Auch da habe ich mich sehr verbessert.
Ich passe jetzt in der Schule besser auf. Abends kann ich jetzt immer normal einschlafen. Früher lag ich immer sehr lange wach und war dann morgens sehr müde. Und ich habe jetzt einen Freund."

Thea, *zwölf Jahre:* „Ich habe bessere Zensuren geschrieben. Mein Heuschnupfen ist schon besser geworden, und ich brauche nicht mehr dieses eine starke Medikament zu nehmen.
Ein Jahr später: Der Heuschnupfen ist weg!"

Irene, *zwölf Jahre:* „Ich habe in Bio eine Zwei geschrieben. Sonst waren es immer mehr Dreien.
In Mathe und Deutsch bin ich besser geworden, weil ich mich im Unterricht besser konzentrieren kann. Ich melde mich jetzt auch mehr."

Clara, *zwölf Jahre:* „Ich habe im Diktat nur sieben Fehler gemacht. Sonst hatte ich immer um die zwanzig, weil ich immer aufgeregt war und Angst hatte. Meine Deutschlehrerin fragte mich ganz erstaunt: Wie hast Du das gemacht? Ich habe ihr aber nicht mein Geheimnis verraten. Sie hätte es ja auch nicht verstanden.

In Physik habe ich eine Drei geschrieben, was ein großer Erfolg für mich ist. In Englisch sind meine Vokabeltests jetzt besser, weil ich mich besser konzentrieren kann und nicht mehr aufgeregt bin.
Ich habe mein Zeugnis verbessert."

Kerstin, *zwölf Jahre:* „Ich habe mich im Diktatschreiben verbessert.
Ich bin in Mathe von einer Fünf auf eine Vier gekommen.
Ich brauche das Medikament gegen meine Hausstauballergie nicht mehr zu nehmen.
Ich war in der Schule immer so müde, das ist durchs Mentaltraining weggegangen."

Hanna, *zwölf Jahre:* „Ich habe bessere Noten geschrieben, mehr Dreien als Vieren und Fünfen. Ich hatte einmal Bauchschmerzen – und ich habe mich entspannt: die Schmerzen verschwanden!"

Inge, *zwölf Jahre:* „Ich lebe mit meiner Mutter zusammen, und wenn sie abends arbeiten ging, hatte ich immer große Angst, allein zu bleiben. Durch Mentaltraining habe ich keine Angst mehr. Es macht mir gar nichts mehr aus, wenn ich abends allein bin."

Berto, *dreizehn Jahre:* „Ich habe gestottert. Ich machte dafür Mentaltraining für fließendes Sprechen. Es hat geholfen. Jetzt spreche ich immer fließend, egal, wo ich bin und zu wem ich spreche. Das Stottern war mein größtes Problem. Ich mochte schon deshalb nirgendwohin gehen. Ich bin so froh, daß ich jetzt fließend sprechen kann. Mein Leiden hat nun ein Ende. Übrigens auch das „Leiden" meiner Eltern und Geschwister hat jetzt ein Ende, denn sie alle haben sich für meine Stotterei geschämt."

Katrin, *zwölf Jahre:* „Im Kunstunterricht war ich immer nur durchschnittlich und bekam auf meine Bilder immer eine Drei. Ich hatte es satt, immer nur zu dieser Durchschnittsmasse zu gehören, denn die meisten hatten eine Drei. Ich hatte ja das Mentaltraining gelernt und über die große Macht des Unterbewußtseins alles erfahren. Und so versuchte ich, was Frau L. uns beigebracht hatte, nämlich, daß man ein Bild zuerst im Kopf ganz fertig machen soll. Man muß es ganz fertig vor sich sehen, und dann muß man es aufmalen. Ich machte das und bekam von da ab immer Zweien für meine Bilder. Ich warf auch keine angefangenen Zeichenblätter mehr weg. Ich möchte noch sagen, daß ich wirklich keine besondere Künstlerin bin. Aber durch diese Methode haben meine Bilder wohl mehr Ausdruckskraft, und ich kann mich leichter an das Thema halten. Jedenfalls bin ich jetzt in Kunst von einer Drei auf eine Zwei gekommen. Ich freue mich."

Keiner meiner Schüler war fleißiger geworden. Das brauchten sie auch nicht. Sie brauchten nur ihre Ängste zu verlieren, mehr Selbstvertrauen zu gewinnen und ihr Phantasie, diese großartige Kraft, endlich wiederzuentdecken und in Gang zu setzen. Alle meine Schüler waren erfolgreich bis auf einen. Der hatte sich nämlich wegen seiner Faulheit für diese AG gemeldet. Er dachte, da lernt man etwas, was ohne große Anstrengung zum Erfolg führt. Aber die AG hieß ja „Erfolg kann man lernen." Und ohne eigene Anstrengung kann man eben nichts lernen. Ohne Fleiß kein Preis, das trifft hier in besonderem Maße zu.

4

Probleme von Kindern und Jugendlichen

Schulprobleme

Die Probleme, die Kinder und Jugendliche haben, sind vielfältig. Da ist die Schule, die wohl die meisten Probleme schafft. Der Konkurrenzkampf und der Erfolgszwang sind bedrückend. Das Gefühl *Ich schaffe es nicht!* zerstört jede weitere Initiative. Denn Angst nimmt alle Kraft, die doch zur Verbesserung der schulischen Leistungen so dringend notwendig ist.
Andere Schüler sind im Unterricht undiszipliniert aus selbst verschuldeten oder auch unverschuldeten Gründen. Sie stören dadurch die Mitschüler bei der Arbeit. Auch das ergibt eine negative Beurteilung der Leistung.
Sind die schriftlichen Arbeiten schlecht, so kann das mehrere Gründe haben: Faulheit, Lernhemmung (unbewußte Ablehnung des Lernens mit der Folge der Unlust am Lernen, Hinausschieben oder Nichtanfertigen von Hausaufgaben), mangelnde Konzentrationsfähigkeit, zu große Nervosität oder Aufregung und Angst vor der Klassenarbeit und vor dem Versagen. Man hat das Gefühl, alles, was man für den Test gelernt, gelesen und geübt hat, vergessen zu haben. Häufig passiert es, daß man am Tag vor der Arbeit noch alle Wörter richtig schreiben konnte und bei einem Übungsdiktat mit der Mutter keinen einzigen Fehler hatte. Auch in der Mathematik passiert es, daß man alles kann und zu Hause keine Fehler macht. In der Klassenarbeit versagt man aber kläglich. Das ist dann besonders schlimm, weil der hohe Einsatz, den man erbracht hat, kein positives Ergebnis gezeigt hat. Die Folge ist, daß die Versagensangst zunimmt, natürlich folgen weitere schlechte Zensuren. Man befindet sich in einem Teufelskreis.

Ihr seid aus irgendeinem Grund der Prügelknabe in der Klasse. Vielleicht, weil man euch Ängste anmerkt und euch Schwäche unterstellt, weil ihr immer so ruhig und still seid oder weil ihr euch für minderwertig haltet. Das merken die anderen auch. Sie halten euch – wie ihr selbst – für minderwertig und schwach und behandeln euch entsprechend.

Persönliche Probleme

Kinder und Jugendliche haben genügend Probleme zu Hause mit Eltern und Geschwistern. Wut, Streit und Schlägereien zehren an den Energien, die man so nötig für sich selbst braucht. Man muß unbedingt versuchen, solch einen sinnlosen Kräfteverschleiß zu vermeiden. Das kann jeder lernen.

Schon im Kindes- und Jugendalter treten körperliche Störungen auf, deren Ursache häufig in der Seele liegen. Das können sein: schlechter Schlaf, Verdauungsstörungen, zu große Eßlust, Appetitlosigkeit, Konzentrationsschwäche, Angst.

Solche Störungen können einem jungen Menschen sehr zu schaffen machen. Schlimmstenfalls werden Krankenhausaufenthalte und Kuren angeordnet, das wiederum führt zur Trennung von Eltern und Freunden sowie zu Schulversäumnissen, deren Auswirkungen ja immer schwerwiegend sind.

Ihr fühlt euch unsicher oder minderwertig. Ihr glaubt, daß ihr Fehler habt. Ihr findet euch häßlich und unfähig. Ihr glaubt, ihr könnt manche Dinge nicht, die angeblich sonst jeder kann, z. B. Freunde gewinnen, tanzen, flüssig reden und vieles mehr.

Ihr seht: überall Probleme und nochmals Probleme. All diese Probleme könnt ihr selber lösen. Und das ist so leicht, daß ihr staunen werdet, wenn ihr eure ersten Erfolge verzeichnen könnt.

Nur zwei Fähigkeiten sind dazu nötig, Wille und Durchhaltevermögen, nicht mehr als 2 bis 3 Wochen lang.

5

Was man mit Hilfe des Mentaltrainings alles erreichen kann

Wir haben einen freien Willen

Wir sind alle Gottes Geschöpfe. Gott ist unser Vater, und er ist auch wie ein Vater zu uns. Er tut das gleiche wie ein menschlicher Vater, denn ein Vater will nur das Beste für seine Kinder und hat sie lieb. Er tut alles für sie, und ein guter Vater erlaubt auch seinen Kindern, sich frei zu entfalten, und er räumt ihnen einen freien Willen ein. Genau das tut unser geistiger Vater, Gott, auch. Er will, daß es uns gutgeht und daß wir zufrieden und glücklich sind. Doch die Menschen schaden sich selbst durch schlechte Gedanken wie Machtgier, Habgier, Neid und Mißgunst. Und das fällt dann eines Tages auf sie selbst zurück, macht sie krank und unglücklich.

Wir Menschen haben einen freien Willen. Wir dürfen selbst entscheiden, was wir tun und wie wir lernen wollen. Aber falsches oder schlechtes Denken kann für uns böse Folgen haben. Deshalb müssen wir lernen, immer richtig zu denken, daß heißt Gutes zu denken, dann wird es uns auch gutgehen. Denn welcher Vater unterstützt schlechte Eigenschaften? Welcher Vater würde nicht versuchen, sein Kind positiv zu beeinflussen, wenn es auf dem falschen Wege ist?

Du kannst dich dazu entscheiden, bessere Leistungen in der Schule zu erreichen, beliebter zu sein, eine positive Ausstrahlung zu haben, besser Fußball oder Tischtennis zu spielen und dich für viele andere Dinge, die dir wichtig sind, entschließen. Und du wirst das alles erreichen, wenn du dieses Buch aufmerksam liest, und tust, was hier gesagt wird.

Willst du ein besserer Schüler sein? So entscheide dich dafür. Wenn ich sage: *entscheiden,* meine ich, du mußt es wirklich wollen. Tu

etwas dafür, lerne! Und damit du leichter und schneller lernst und das Gelernte auch nicht vergißt, tue das, was in einem späteren Kapitel noch gründlich erläutert wird.
Willst du beliebt sein, willst du Freunde oder nur eine Freundin oder einen Freund haben ? So freue dich, denn das bleibt nun nicht mehr dem Zufall überlassen. Du selbst kannst dir den Wunsch erfüllen. Du selbst kannst etwas dafür tun, du wirst Erfolg haben, und du wirst den zu dir passenden Partner oder die zu dir passende Partnerin finden.
Willst du lästige gesundheitliche Störungen beseitigen? Das kannst du auch. Die meisten Krankheiten haben seelische Ursachen. Und daher sind sie mit Mentaltraining zu bessern oder ganz zu beheben.
Häufig haben Leistungsabfall, Unlust, Konzentrationsstörungen mit einer mangelnden Gesundheit zu tun. Du stehst vielleicht schon in dem Ruf, ein fauler Schüler oder eine faule Schülerin zu sein, obwohl du das gar nicht bist. Du kannst einfach nicht lernen, weil dein Körper dich durch mangelnde Gesundheit dabei stört. Du hast es in der Hand, zur Gesundheit deines Körpers beizutragen, damit er dir störungsfrei zur Verfügung steht.
Möchtest du nicht so sein, wie du jetzt bist, weil du vielleicht Eigenschaften besitzt, die bei den Personen deiner Umgebung berechtigte Kritik hervorrufen? Kannst du dich selbst nicht leiden? Das kannst du nun ändern. Du kannst so werden, wie du sein möchtest. Aber richte dich dabei nicht nach den Vorstellungen anderer. Du sollst in erster Linie dich selber mögen, und danach richte deine Arbeit an dir und an deiner Persönlichkeit aus. Wenn du dich dann so richtig magst, wirst du zufriedener und glücklicher sein. Gleichzeitig hast du an Sicherheit gewonnen und vielleicht sogar ein vorher vorhanden gewesenes Minderwertigkeitsgefühl in ein *Vollwertgefühl* umgewandelt. Welch ein Erfolg! Willst du dir lang gehegte Wünsche erfüllen? Es liegt ganz in deiner Hand, auch hier erfolgreich zu sein. Natürlich darfst du dir nichts wünschen, was anderen zum Nachteil oder zum Schaden wäre. Dann funktioniert es nicht. Dann wird sich die Erfüllung nicht einstellen. Auch muß der Wunsch natürlich im Bereich der normalen Erfüllbarkeit liegen. Der Wunsch, König oder Königin zu werden, wird kaum erfüllbar sein, weil dazu sämtliche Voraussetzungen für einen Normalbürger

fehlen. Also, gewisse Anhaltspunkte müssen schon vorhanden sei. Du wirst dir ja auch nicht Schuhe mit der Größe 40 kaufen bzw. wünschen, wenn deine Schuhgröße 36 oder 42 beträgt. Man muß sorgfältig überlegen, was man sich wirklich wünscht, und man sollte es sich dann auch glühend wünschen. Nun fragst du dich bestimmt, wie du solche Wunder ganz allein und im stillen Kämmerlein vollbringen sollst. Das große Geheimnis, das ich dir hier verraten werde, heißt *Mentaltraining.*

Was ist das? Es ist eine Arbeit und eine Leistung auf geistiger Ebene. Du arbeitest nur mit deinem Geist und mit deiner inneren Kraft, daher verschleudere diese wertvolle Kraft nie.

Und das funktioniert? Ja, jeder, der es richtig macht, hat Erfolg. Warum nicht auch du? Denn du bist es wert, daß es dir gutgeht, nicht wahr? Glaube mir, wenn alle Menschen das Mentaltraining beherrschten und anwendeten, hätten wir eine friedliche Welt. Denn jeder wäre zufrieden und glücklich.

6

Bewußtsein undUnterbewußtsein

Der Mensch besitzt das Bewußtsein und das Unterbewußtsein. Beides sind für ihn gleichermaßen wichtig. Mit dem Bewußtsein handelt der Mensch, um ein bestimmtes Ziel zu erreichen, das er sich überlegt hat und das er für seine Person für erstrebenswert hält. Auch die einzelnen Schritte zur Erreichung dieses Zieles überlegt er sich mit seinem Bewußtsein. Ja, er denkt sogar auch an Widerstände auf seinem Weg zum Ziel und überlegt, wie er sie überwinden kann. Das alles geschieht bewußt.

Das Bewußtsein ist aber, obwohl es auch mächtig ist, gegenüber dem Unterbewußtsein nur ein Untertan.
Das sieht nun so aus, als wollte ich das Bewußtsein in seiner Bedeutung herabsetzen. Nein, keinesfalls, denn das Bewußtsein ist ja das, was den intelligenten und vernunftbegabten Menschen ausmacht. Pflanzen und Tiere haben kein Bewußtsein. Sie reagieren spontan je nach den Verhältnissen wie z. B. die Pflanzen auf Licht und Sonnenstrahlen, indem sie sich diesen zuwenden, oder auf Wassermangel oder Frost, indem sie ihre Blätter herunter – oder in gewisser Weise zusammenklappen, um die Verdunstungsfläche oder bei Frost die Angriffsfläche zu verkleinern. Auch Tiere reagieren auf ihre Umgebung je nachdem, ob sie in der Wildnis leben oder dressiert sind, eine niedrige oder höhere Intelligenz besitzen. Fest steht, daß Pflanzen und Tiere nicht planen können und nicht ihr eigenes Leben mit Überlegung gestalten können, denn dazu gehört das Bewußtsein, welches dafür sorgt, daß ein Mensch seine Intelligenz gezielt einsetzt, um mit gewissen Plänen und Strategien seine Ziele zu erreichen.
Nun zurück zu dem Erläuterungsversuch, was das Unterbewußtsein ist und welche Bedeutung es in unserem Dasein hat.
Das Unterbewußtsein ist viel älter als das Bewußtsein. Es war zuerst da. Erst im Verlaufe der Entwicklungsgeschichte der Lebewesen

auf der Erde, die letztendlich in der Person des Menschen endete, kam es zur Ausbildung des Bewußtseins. Und es macht den Menschen zur Krone der Schöpfung und verleiht ihm die Fähigkeit, logische Zusammenhänge zu erkennen und zu erdenken. Das kann wirklich nur der Mensch.

Weil das Unterbewußtsein so viel früher in der Entwicklung zum Menschen eine Rolle gespielt hat, ist es auch viel mächtiger, denn lange vor dem Einsetzen der Bewußtheit hat es das gesamte Leben einer Kreatur beherrscht und gesteuert. Und so behauptet es noch heute seine so viel ältere und absolute Macht und übt diese souverän aus. Es denkt ja nicht, es fühlt und reagiert. Menschen ohne esoterisches Wissen bezeichnen die Gefühle und die Reaktionen des Unterbewußtseins als Instinkt. Dieser Begriff ist aber sehr irreführend, denn in Wirklichkeit sind das ganz hervorragende Fähigkeiten.

Jeder hat schon davon gehört, daß Tiere von Katastrophen oft schon lange vor dem Ausbruch „wissen", unruhig werden, ängstliche Laute von sich geben etc. In Erdbebengebieten und in der Nähe von Vulkanen sollte man tatsächlich entsprechend geeignete Tiere halten und diese beobachten.

Was das Unbewußte, das Unterbewußtsein, anbetrifft, sind die Tiere dem Menschen weit überlegen, weil ihnen nicht ständig ein denkendes und überlegendes Bewußtsein in die Quere kommt.

Ein Beispiel wäre das Phänomen, daß ein Hund oder eine Katze über Hunderte von Kilometern den Weg nach Hause finden kann. Die Erklärung dafür ist, daß sich die Tiere von ihrem Gefühl, von ihrem Unterbewußtsein, leiten lassen. Nicht jedes Tier schafft solch eine Leistung. Demnach muß es in der Tierwelt auch Unterschiede in der Fähigkeit geben, auf die innere Stimme hören zu können und ihre Signale und Anweisungen wahrzunehmen.

Ein Mensch, der sich zurechtfinden will, braucht eine Landkarte und einen Kompaß, und er muß natürlich wissen, wie man diese Gegenstände benutzt. Ohne diese beiden Hilfsmittel genügt vielleicht der Sonnenstand, an dem er sich orientieren kann. Doch muß er auch darüber schon Kenntnisse besitzen.

Wenn der Mensch aber sein Unterbewußtsein bitten würde, ihn zu leiten und dann ganz nach seinem Gefühl weiterginge, käme er an. Aber das ist natürlich für einen bewußt lebenden Menschen mit In-

tellekt nicht so einfach, und er müßte diese Fähigkeit erst mühsam erlernen mit Meditation, Gedankenleere und In-sich-hinein-Horchen.
Wenn er das dann geschafft hat, ist er ein höchst beneidenswerter Mensch. Denn er hat das ganze Spektrum seiner gesamten inneren seelischen Kräfte und Fähigkeiten zur Verfügung. Das ist ein Potential, dessen Ausmaß der Ungeschulte nicht einmal erahnen kann.

Der Geschulte hingegen, der den direkten Kontakt zu seinem Unterbewußtsein hergestellt hat, besitzt in gewisser Weise die Fähigkeiten eines Tieres mit allen Vorteilen wie Vorahnungen, Intuition, Instinkt für richtiges Handeln und Entscheiden, er „hört" Warnungen, er „weiß", ob es dem geliebten Menschen in der Ferne gut geht etc. Die Reihe ließe sich fortsetzen. Ich selbst habe das alles erprobt und erfahren. Mein Leben ist leichter geworden.
Unser Bewußtsein ist für uns selbstverständlich. Ein Kind wird schon möglichst früh zu vernünftigem Denken und Handeln erzogen. Das muß auch so sein, sonst wäre der Mensch als Erwachsener lebensuntüchtig und nicht in der Lage, sein Leben selbständig zu gestalten und zu führen.
Der Mensch ist nun einmal durch sein intellektuelles Bewußtsein zur Krone der Schöpfung geworden und hat damit eine enorme Verantwortung übertragen bekommen. Diese bezieht sich auf alles, auf sein eigenes Leben, auf das seiner Familie, auf die Natur, auf die Erde, auf praktisch alles.
Der Mensch ist durch seinen bewußten Verstand besonders bevorzugt. Aber den unbewußten Teil seiner Existenz besitzt er ja auch. Und das bedeutet doppelte Bevorzugung. Beide Bewußtseins stehen ihm ungehindert zur Verfügung. Das bedeutet, daß wir Menschen ein ungeheures Kräftepotential in uns tragen. Man sollte nicht zögern, dieses großartige Geschenk sofort in Gebrauch zu nehmen. Jedes der beiden Bewußtseins hat seine speziellen Fähigkeiten. Man setzt sie ein, wie es die Situation gerade erfordert.
Wie das funktioniert, das schildere ich jetzt in einem Beispiel: Ich hatte ein Seminar in Köln. Es ist eine Millionenstadt und natürlich für einen Autofahrer, der die Stadt nicht kennt, kein Zuckerschlecken. Von meinem Quartier aus mußte ich durch die ganze Innenstadt fahren, um an mein Ziel zu gelangen. Ich studierte die

Strecke im Stadtplan und lernte sie auswendig. Ich fand alles und verfuhr mich nicht, denn es war heller Vormittag und alle Straßennamen waren deutlich und rechtzeitig zu erkennen. Ich merkte mir markante Punkte wie Gebäude, Brücken und Kreuzungen und war überzeugt, daß ich problemlos zurückfinden würde. Schließlich stand mein Wagen auf dem Parkplatz vor dem Seminarhaus. Das Seminar begann.

Um 23.00 Uhr war der letzte Vortrag gehalten. Die Rückfahrt konnte beginnen. Die markanten Punkte noch schnell in Gedanken aufgesagt, und der Fuß trat auf den Gashebel. Vom Parkplatz herunter und gleich nach links abbiegen, dann... Ja, so wäre es gewesen. Mit Entsetzen sah ich plötzlich das furchtbare Schild „nur rechts abbiegen". Also rechts abbiegen mit der Hoffnung, sehr bald auf die entgegengesetzte Fahrbahn gelangen zu können. Doch das war viele Kilometer lang nicht möglich, und ein Ende dieser unendlich langen Einbahnstraße war nicht abzusehen.

Mir fiel ein Trick ein. Man muß solange rechts abbiegen, bis man auf eine Kreuzung stößt, auf der man in die gewünschte Richtung einbiegen kann. Ich hatte das in einem Film über New York gesehen. Doch in Köln funktionierte das nicht.

Jetzt war alles aus. Ich hatte vollkommen die Orientierung verloren. Inzwischen war es in dieser stockdunklen Novembernacht 24.00 Uhr geworden. Auf der Straße war niemand. Gaststätten und Hotels gab es in dieser Gegend nicht. Straßenschilder konnte ich in der Dunkelheit nicht ausmachen. Es hätte auch keinen Sinn gehabt, den Stadtplan zu bemühen, denn Köln besteht fast nur aus Einbahnstraßen und jeder schlau ausgeklügelte Weg wäre an der nächsten Kreuzung gescheitert.

In meiner grenzenlosen Verzweiflung kam mir der rettende Gedanke, „ich versuch's mit meinem inneren Helfer, mit meinem Unterbewußtsein", denn es weiß alles, auch einen mir selbst unbekannten Weg. Ich versetzte mich eine Minute lang in einen entspannten meditativen Zustand. Dann bat ich mein Unterbewußtsein um Hilfe. Es sollte mich zu meinem Quartier, das ja für mich in diesem Moment so unerreichbar war wie der Mond, zurückführen.

Dann fuhr ich los. Mir war natürlich völlig klar, daß das nicht funktionieren konnte, wenn ich nicht während der gesamten Strecke bis zu meinem Quartier das Denken und Überlegen völlig aufgab. Das

ist nicht einfach. Das Bewußtsein will immer mitmischen und das Unterbewußtsein beherrschen und übertrumpfen. Ich mußte mich zusammenreißen und das Steuer völlig meinem Unterbewußtsein überlassen.
Nun begannen meine Hände, auf die Anweisungen meines Unterbewußtseins zu reagieren. Ich lenkte den Wagen dahin, wohin meine Hände es wollten, rechts, links, geradeaus. Ich fuhr zügig, so, als kennte ich die Strecke schon. Aber sie war mir völlig unbekannt. Nach dreißigminütiger zügiger Fahrt gelangte ich endlich in die Nähe meines Quartiers und erkannte meine auf der Hinfahrt registrierten markanten Punkte. Nun konnte ich mich wieder meinem Bewußtsein überlassen, es kannte den Rest.
Als ich in meinem Quartier angekommen war, bedankte ich mich bei meinem inneren Helfer. Dann erst begann ich, über alles nachzudenken. Das, was mir geschehen war, war unfaßbar. Ich wußte ja damals schon einiges über das Zusammenspiel von Bewußtsein und Unterbewußtsein und über die besonders wirksame Kraft des letzteren. Aber was mir da geschehen ist, damit hätte ich nicht gerechnet, und ich hätte es zu dem damaligen Zeitpunkt auch nicht ausprobiert, wenn ich nicht so verzweifelt gewesen wäre. Das erschien mir als der letzte Ausweg überhaupt. Der Erfolg war überwältigend. In meiner damals wirklich äußerst verzweifelten Situation – und jeder, der sich schon einmal ernsthaft verirrt hat, wird das nachempfinden können – habe ich beide Bewußtseins für mein Ziel eingesetzt und mein weit entferntes Quartier trotz Großstadtstraßen-Wirrwarrs schnell und heil erreicht. Mein Unterbewußtsein hat meine Hände geführt. Mit dem Bewußtsein habe ich den Straßenverkehr beobachtet, die Ampeln beachtet und das Auto gefahren.
Damals erschien mir alles wie ein Wunder. Heute weiß ich, daß es ein ganz normales Phänomen ist, welches jeder für sich nutzen kann, wenn er sich bemüht, einen Zugang zu seinem Unterbewußtsein durch Meditation zu erarbeiten . Wenn der Kontakt erst einmal hergestellt ist, eröffnen sich wunderbare Möglichkeiten der eigenen und selbständigen Lebensgestaltung.

Weil das Unterbewußtsein viel älter ist als das Bewußtsein, denn es hat dem Bewußtsein viele Millionen Jahre der Entwicklung und Erfahrung voraus, nimmt es in unserer Seele natürlich auch den größten Raum ein.

Das Bewußtsein mußt du dir als Spitze eines Eisberges vorstellen. Sicherlich hast du schon in der Schule erfahren, daß ein Eisberg nur etwa zu einem Sechstel (1/6), also nur ein einziger Teil von sechs Teilen, aus dem Wasser ragt. Die restlichen fünf Sechstel befinden sich unter dem Wasserspiegel.
Das sieht so aus:

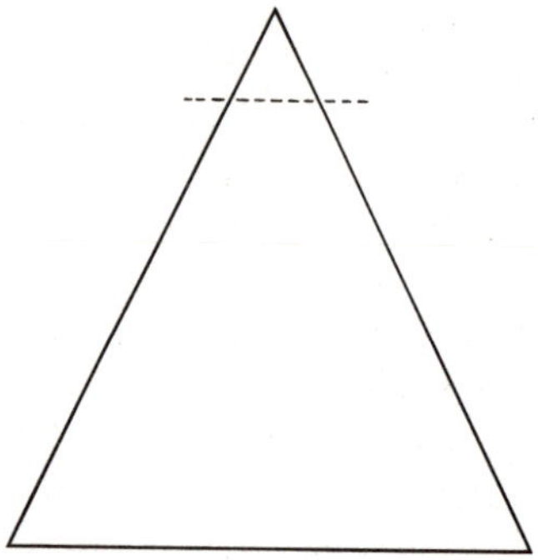

Abb. 1: Unterbewußtsein/Bewußtsein

Was dort aus dem Wasser ragt, ist also das Bewußtsein.
Nun wirst du staunen, wenn du erfährst, daß das Unterbewußtsein so groß ist wie die riesige Masse des Eisberges, die unter dem Wasser liegt, also viel, viel größer, viel umfangreicher als das Bewußtsein. Du wirst dir jetzt auch vorstellen können, daß dort ungeheure geistige Kräfte enthalten sein müssen, wenn das so riesig ist. Denn schon mit dem Bewußtsein, das doch so viel kleiner ist, kann man ja schon sehr viel erreichen.
Das Unterbewußtsein ist wie ein großer, tiefer See. Auf seinem Grunde liegen alle vergessenen Erlebnisse, Namen, früher einmal Gelerntes wie Geschichtsdaten, Vokabeln, Mathematikformeln und viele andere Dinge, die du einmal gewußt hast. Das Unterbewußtsein bewahrt alles auf, gute und häßliche Erlebnisse. Und du weißt selbst, daß es gut ist, daß man die unangenehmen Dinge, die einen ja sehr belasten oder sogar zerstören können, vergessen kann, daß sie ins Unterbewußtsein, in diesen tiefen See hinabsinken. Und daß

man Gegenstände aus einem See durch Tauchen wieder herausholen kann, weißt du sicher auch. Genauso kann man auch aus dem Unterbewußtsein alles wieder heraufholen, was gesunken ist und unter Verschluß liegt.
Nun mußt du aber wissen, daß ein Taucher, der nach Schätzen in einem tiefen See taucht, auch das Tauchen gelernt haben muß und eine spezielle Ausrüstung dafür braucht. Sonst wird er ganz sicher trotz großem Kraft- und Zeitaufwand erfolglos bleiben.
Du sollst nun auch das Tauchen in deine eigenen Tiefen lernen, zu deinem persönlichen Nutzen.
Das Unterbewußtsein ist auch verantwortlich für die sogenannte Automatisierung von Gelerntem. Das heißt, daß ich beim Sprechen oder Schreiben nicht bei jedem Buchstaben, Wort oder Satz überlegen muß, wie ich alles aneinanderreihe. Es funktioniert automatisch, weil ich es gelernt habe.
Das Lernen geschieht mit dem Bewußtsein. Ich muß ganz bewußt und gezielt jeden Buchstaben aufmalen und üben bis ich alles blitzschnell und ohne Überlegung anwenden kann. Das ist dann der Zeitpunkt, zu dem das Gelernte ins Unterbewußtsein abgesunken und von dort aus jederzeit verfügbar ist.
Das Bewußtsein kann vieles, das im Unterbewußtsein gespeichert ist, jederzeit abrufen. Doch längst nicht alles. Das Unterbewußtsein rückt das Versunkene und Gespeicherte nicht immer freiwillig heraus, besonders dann nicht, wenn mit dem Auftauchen von Vergessenem bei dem betroffenen Menschen unangenehme Gefühle oder sogar Schocks hervorgerufen werden könnten.
Kannst du dir jetzt die Aufgaben deines Bewußtseins und deines Unterbewußtseins vorstellen? Mit dem Bewußtsein tust du alle Dinge, die du weißt, und du nimmt damit deine Umgebung wahr, du erlebst alles bewußt und kannst davon erzählen,darüber sprechen. Das Unterbewußtsein ist der verschlossene Aktenschrank, in dem das einmal Erlebte oder Erlernte und inzwischen Vergessene in allen Einzelheiten festgehalten ist. Doch den Schlüssel zu diesem Schrank hast du bei deiner Geburt nicht automatisch mitbekommen. Du mußt ihn suchen. Und wenn du ihn wirklich finden willst, muß du dich ein bißchen anstrengen. Wem das zu anstrengend ist, oder wer keine Lust dazu hat und kein Durchhaltevermögen besitzt, hat den großen Nachteil.

Du mußt lernen, wie man diesen so wichtigen Schlüssel findet. Wenn du das weißt und damit dein Unterbewußtsein öffnen kannst, wirst du wahre Wunder an dir und in dir vollbringen können. Du kannst dich zu einem glücklichen und erfolgreichen Menschen machen, weil du jetzt dein Leben selbst in die Hand nehmen kannst, um es nach deinen idealen Vorstellungen zu gestalten.
Besonders ganz jungen Menschen wird das Leben oft schwer gemacht, und sie sind häufig sich selbst überlassen, und niemand kümmert sich.
Wer befolgt, was ich hier schreibe, wird keine fremde Hilfe mehr brauchen. Blättere an dieser Stelle noch einmal zurück zu der Seite, auf der von den Erfolgen meiner Schüler berichtet wird. Lies alles noch einmal mit vollem Bewußtsein, ja, präge dir die Erfolge der Kinder ein, damit du im Verlaufe dieses Buches immer wieder daran denken kannst, und vielleicht findest du dich mit ähnlichen oder gleichen Problemen wieder.
Nun zurück zum oben genannten Schlüssel, den du ja finden sollst. Es ist nicht schwierig. Der Schlüssel ist die Meditation, also der tiefe Entspannungszutand, in welchem man fähig wird, den ständigen Gedankenstrom des Bewußtseins auf Befehl zu stoppen, um den Botschaften des Unterbewußtseins die Tür zu öffnen. Ich kann dir, lieber junger Leser, versichern, daß dein Unterbewußtsein schon mit scharrenden Hufen vor dieser Tür steht und darauf wartet, daß du sie öffnest. Es kennt ja deine Probleme, denn es weiß alles – es wußte sogar den Weg durch die verworrene Kölner Innenstadt – und es kann und möchte dir helfen. Du mußt es ihm nur erlauben und die Voraussetzungen dazu schaffen, d. h. die Tür öffnen. Fünf Minuten am Tag genügen ja schon. Und wenn du das vor den Schulaufgaben machst, wirst du staunen, wie konzentriert du arbeiten kannst und wie schnell du deine Schulaufgaben erledigst.

Das Unterbewußtsein hat auch noch andere Fähigkeiten. Darunter befinden sich auch einige, die nicht immer zum Wohle des Betroffenen beitragen.
Schon vorher wurde gesagt, daß das Unterbewußtsein auch ein Speicher ist. Das Beispiel vom Lesen, Schreiben und Lernen macht das deutlich. Neben diesen sehr nützlichen Fertigkeiten werden auch unangenehme Dinge und Erlebnisse gespeichert, die später

zu den verschiedensten Störungen schon beim Kind, dann beim Jugendlichen führen. Auch Erwachsene werden nicht verschont.
Diese Tatsache kann als Prägung des Unterbewußtseins bezeichnet werden. Eine Prägung ist ein eingestanztes Muster, das sich von allein nicht verändert. Besitzt eine Seele ein schlecht geprägtes Muster, kann es für den Betroffenen sehr schlimm werden.
Aber Tatsache ist auch, daß ein eingestanztes Muster durch Abschleifen oder Einschmelzen eine neue Prägung erhalten kann. Gemäß dem Thema dieses Buches heißt diese außerordentliche Kunst Mentaltraining.
Mit dem Bewußtsein überlistet man das Unterbewußtsein und macht sich zum Herrscher über die eigene Persönlichkeit und über sein eigenes Leben. Dann bleibt nichts mehr dem Zufall überlassen.
Du kannst dein Unterbewußtsein auch prägen, wie man eine Münze prägt. Dann kannst du so werden, wie du sein möchtest und das erreichen, was du nach deinen Interessen und Begabungen erreichen kannst.

7

Eine Kinderseele wird geprägt

Wenn ein Kind geboren wird, ist seine Seele noch ungeprägt, denn ein Neugeborenes hat ja noch keine großen Erfahrungen gemacht. Nun gebe ich dir ein Vorstellungsbild, an dem wir die mögliche seelische und geistige Entwicklung eines heranwachsenden Kindes anschaulich miterleben können.
Stelle dir vor, die junge Seele ist aus einem schönen hellen und weichen Holz, vielleicht schön gemasertes Olivenholz. Jede Erfahrung, die das kleine Kind nun macht, jeder Lernprozeß, den es durchläuft, geht ins Bewußtsein ein, und die Seele, nämlich das Unterbewußtsein, nimmt es dann auf. Diese Erfahrungen können sein: *laut schreien,* dann kümmert sich jemand, bringt Nahrung, Sauberkeit oder Streicheleinheiten, oder *heiße Herdplatte anfassen soll man nicht, es tut weh* usw. Jede dieser Erfahrungen und jeder dieser Lernprozesse bedeutet ein Einritzen in das schöne weiche Holz der jungen Seele.
Das Kind wächst heran und soll ja zu einem anständigen Menschen erzogen werden. Jeder, der an dem Kind interessiert ist und eine Beziehung zu ihm hat, hilft mit. Und nun wird geritzt und geschnitzt. Mutter, Vater, Oma, Opa, Tante, Onkel, ältere Geschwister, jeder hinterläßt seine Kerben und Muster in dem weichen Holz. Wenn die Erwachsenen klug und liebevoll sind und nur vorsichtig schöne harmonische Muster einschnitzen, ist es gut. Aber leider ist es sehr häufig nicht so. Da wird ein Muster nicht gleichmäßig zu Ende geschnitzt, sondern es wird kreuz und quer geritzt, d. h. die Eltern sind sich nicht einig. Der eine ritzt waagerecht, der andere senkrecht. Oma und Opa haben wieder andere Vorstellungen von Erziehung. Es wird zu tief und mit den falschen Werkzeugen geschnitten, daß heißt in der Realität, eine Eigenschaft des Kindes wird herausgeprügelt und eine andere hineingeprügelt, wobei das

Wort *Prügeln* als solches oder auch symbolisch verstanden werden kann. Solche Gewaltanwendung hat Verletzungen der Seele zur Folge. Diese oft tiefen Verletzungen der kindlichen Seele wollen wir uns als schwarze Flecken auf dem schönen hellen Holz vorstellen. Herabsetzen des Kindes, Beschimpfungen, Vernachlässigung, unter Druck setzen, überhöhte Anforderungen, Mißachtung oder auch das ununterbrochene *Sich-kümmern* um das Kind, das ja auch seinen Freiraum braucht, hinterlassen eiternde Wunden auf unserem schönen hellen Holz schwarze Flecken. Eiternde Wunden bedeuten, sie heilen nicht, sie beeinträchtigen unsere Gesundheit, hier aber ist die seelische Gesundheit gemeint.
Das Kind kommt in die Schule. Nun zücken die Lehrer die Schnitzmesser und schnitzen mit. Angenommen, ein Kind muß in ein Heim, weil schon alles regelrecht verschnitten ist. Nun schnitzen die Heimerzieher mit, und so geht es fort und fort. Und wenn ein elternloses Kind gar noch in verschiedenen Heimen lebt und vielleicht auch noch mehrere Pflegefamilien durchläuft, wie viele verschiedene Menschen mit ebenso verschiedenen Auffassungen von Erziehung haben dann an der Formung der Seele mitgewirkt? Wie schrecklich, wie verschnitten, wie verschnitzt mag das ursprünglich so schöne Holz nun aussehen? Die Linien gehen ja wohl hin und her, kreuz und quer und sind dick und dünn, gerade und krumm und vielleicht auch noch ganz anders oder im Zickzack. Wie verunstaltet mag die Seele nun sein.
Aber der Heranwachsende muß dann damit leben, muß zusehen, wie er damit zurecht kommt. Da gibt es häufig schon im frühen Kindesalter vielerlei seelische Störungen. Denn die eingeschnitzten Seelenmuster sind völlig unharmonisch und ergeben keine schönen Muster. Diese Kinder und Jugendlichen müssen die mangelnden Fähigkeiten und die mangelnde Liebe ihrer Erziehungspersonen ganz allein ausbaden.
Kannst du dir nun das Endergebnis der Schnitzarbeit vorstellen? Wie soll es aussehen? Kann das eine schön geformte und gemusterte Figur geworden sein? Nein, es kann nicht! Wie sollte das geschehen, wenn so viele verschiedene *„Künstler"* an dem Holz herumwerkeln? Das Endprodukt ist voller tiefer Kerben, die Schnitte liegen durcheinander, und das Kunstwerk ist voller schwarzer Flecken, weil nicht sorgsam genug damit umgegangen wurde.

Ein schlecht geprägter Jugendlicher

Nun ist der junge Mensch alt genug, daß es ihm bewußt wird, daß er Eigenschaften hat, die andere Menschen abstoßen. Vielleicht bekommt er *scheinbar* unmotivierte Wutanfälle, weil er nie ein Lob erhielt wie der Bruder oder der Banknachbar, obwohl er sich auch angestrengt hat. Vielleicht ist er ein *Schlägertyp,* weil niemand diese zutiefst verletzte Seele voller eiternder Wunden angenommen hat und ihr genügend Liebe gegeben hat. Seine Seele wehrt sich und kämpft für sich selbst, für die eigene Persönlichkeit mit allen Mitteln, auch grausamen, aber umsonst. Der Teufelskreis ist nicht zu durchbrechen. Die Folgen können sehr böse sein.
Ein anderer junger Mensch stellt fest, daß er zu schüchtern ist und sich anderen gegenüber als minderwertig betrachtet. Auch diese Seele ist verschnitzt.
Wieder andere halten sich für dumm, weil überhöhte und vor allem zu frühe Ansprüche an die geistigen Leistungen und an Leistungen überhaupt durch Eltern und Erzieher zu Mißerfolgen führten. Die enttäuschten Eltern schlugen durch Herabsetzung der Leistungen, die ihren Vorstellungen nicht entsprachen, tiefe Kerben und schmierten schwarze Flecken auf das schöne, helle Holz.
Bei vielen Kindern und Jugendlichen stellen sich sogenannte *Ticks* oder irgendwelche gesundheitliche Störungen ein, die ihren Ursprung in solch einer grob, lieblos und verständnislos geschnitzten Seele haben. Stottern, Verdauungsstörungen, Erröten, Eßstörungen, Bauchschmerzen, Unlust, Kontaktschwierigkeiten, Schlafstörungen, Kopfschmerzen und auch Schwererziehbarkeit können einem jungen Menschen sehr zu schaffen machen, und er kann sehr unglücklich sein.

Anlagen und Begabungen dürfen nicht unterdrückt werden

Nun hast du erfahren, wie im Laufe des Heranwachsens und Entwickelns die Prägung einer Seele entsteht. Alle möglichen Menschen, die sicherlich immer das Beste für das Kind wollten, oder

auch solche, denen der junge Mensch im Grunde gleichgültig war, haben all die Muster in die Seele geschnitzt. Wenn die Muster schön sind und nicht mehr verbesserungswürdig, ist es sehr gut. Viele aber schleppen sich mit Mustern herum, die ihnen nicht gemäß sind, das heißt, die nicht zu ihren Anlagen und Begabungen passen.
Zum Beispiel ist da ein sensibler Junge, der am liebsten Bücher liest und im Wald dem Vogelgezwitscher zuhört und die Blumen betrachtet. Doch sein Vater, der ein verbissener Fußballfan ist und nicht die Möglichkeit hatte, ein aktiver Fußballer zu werden, schleppt ihn zu jedem in der Nähe stattfindenden Fußballspiel mit und steckt ihn schließlich in eine Fußballmannschaft, obwohl der Junge zwei sogenannte linke Beine hat, jedenfalls, was das Fußballspielen anbetrifft. Das bedeutet, daß das Kind nicht entsprechend seinen Anlagen, Interessen und Begabungen gefördert wird. Sie werden geradezu erstickt, und er muß etwas für ihn völlig Sinnloses tun. Da das Fußballspielen nicht zu seinen angelegten Fähigkeiten gehört, wird er darin vielleicht nichts leisten und sich als Versager betrachten. Was das bedeutet, weiß jeder. Man traut sich nichts mehr zu und fühlt sich minderwertig, aber letztendlich nicht nur im Fußballspielen, sondern auf allen Gebieten. So schlimm kann sich das auswirken.

Aus diesem Konflikt heraus können sich seelische Störungen einstellen, die sehr schwer sein können, wenn der Konflikt ebenfalls sehr tiefgreifend ist.

Das heißt also, das Seelenmuster ist der Seele des jungen Menschen nicht gemäß, nicht angemessen und daher schädlich.

Je älter ein junger Mensch wird, desto bewußter wird ihm seine verunstaltete Seele. Er merkt nun:
Andere können sich durchsetzen und ich nicht! Andere können frei reden, und ich bin schüchtern und traue mich nicht. Andere haben keine Angst, und ich fürchte mich vor allem und jedem. Andere können sich vor fremden Leuten frei bewegen und auch sprechen, und ich werde immer rot und fange an zu stottern.

Das Seelenmuster wird positiv umgeprägt

Nun kommt das große Wunder, das du an dir selbst vollbringen kannst. Du kannst verschieden starke Feilen und Sandpapiere, zuerst sehr grobes, dann feinkörniges, nehmen und beginnen, die Holzfigur umzuarbeiten, falsch geschnitzte Linien glattzuschleifen, so als wären sie nie vorhanden gewesen. Du kannst zu tiefe Kerben ebenfalls entfernen oder entschärfen, ganz wie du willst. All die schwarzen Flecken kannst du mit Sandpapier abschleifen. Die Holzfigur sieht nun schon etwas besser aus. Aber sie muß noch schöner werden, sie muß nach deinen Möglichkeiten vollendet aussehen.
Aber bedenke, aller Anfang ist schwer. Hast du das falsche Werkzeug, wirst du gar nichts oder nur Stümperhaftes bewirken. Arbeitest du nicht regelmäßig und voller Hingabe an deinem Werk, wirst du ebenfalls nichts bewirken. Weißt du nicht, welche Einschnitte, Kerben und Flecken du ausmerzen willst und wie dein neues Seelenmuster aussehen soll, so wirst du nur langsam weiterkommen, keinen oder wenig Erfolg erleben und schließlich die Arbeit aufgeben. Das laß aber nie geschehen. Du willst doch ein glücklicher und erfolgreicher Mensch werden. Also gib nicht auf. Die fertige Arbeit wird wunderbar sein, und du hast sie ganz allein getan, und niemand hat dir hineingepfuscht.
Bedenke, daß die vielen falschen, schlecht gearbeiteten zu tiefen Kerben und all die schwarzen Flecken innerhalb von mindestens zehn Jahren als Muster deiner Seele entstanden sind. Und sie lassen sich nicht von heute auf morgen umarbeiten. Aber so lange, wie du jetzt vielleicht glaubst, dauert es auch nicht. Und wenn du dich von Erfolg zu Erfolg weiterarbeitest, ist der Lohn sehr beglückend, er ist sehr hoch.
Man mochte dich nicht, jetzt mag dich jeder. Du warst dick, jetzt bist du schlank. Du schriebst schlechte Klassenarbeiten, jetzt hast du dich verbessert. Du warst aggressiv und unleidlich, jetzt bist zu ausgeglichener und zufriedener. Ist das alles nichts?
Du wirst es erfahren, wie du dich selbst ändern kannst und auch, wie du gesundheitliche Störungen beseitigen kannst, wenn sie ihren Ursprung in deiner Seele haben. Und das Schönste ist, du kannst die Erwachsenen wohl um Rat fragen, brauchst es aber

nicht, aber an dir arbeiten kannst du ganz allein, ja *mußt* du allein. Aber dann ist es ja auch ganz allein dein Erfolg, dein eigener Erfolg. Nun weißt du, wie es geschehen kann, daß manche Kinder glücklich, manche unglücklich und manche sehr glücklich sind.
Wir Menschen vergessen die böse Situation, die uns eine tiefe, krumme Kerbe geschlagen hat. Sie sinkt in das Unterbewußtsein. Und das ist eine Gnade. Wenn wir all die häßlichen, vielleicht demütigenden Erlebnisse immer und zu jeder Zeit deutlich im Gedächtnis hätten, könnten wir ja nie froh werden und uns nie auf anderes, Neues konzentrieren, sowie auch nie hoffnungsvoll und vielleicht sogar freudig in die Zukunft schauen. Die bösen Erinnerungen würden unsere Kraft und Energien verbrauchen, die wir doch so nötig für das Gegenwärtige und Kommende und für unsere Zukunftsgestaltung brauchen.
So beherbergt unser Unterbewußtsein alle gemachten Erfahrungen, alles Gelernte und Erlebte. Es ist die Kammer des Vergessens. Es sei aber auch klar betont, daß man diese Kammer auch öffnen kann. Aber nur mit dem richtigen Werkzeug, um sie nicht zu beschädigen, und zur rechten Zeit, nämlich, wenn etwas ans Tageslicht gelangen soll, weil das für die Gesundheit von Körper und Seele wichtig wäre.
Diese Kammer des Vergessens stellt dir aber auch gelerntes Wissen zur Verfügung, wenn du sie zu öffnen gelernt hast.

Du hast einen inneren Helfer

Das Unterbewußtsein ist aber noch viel mehr. Es ist dein innerer Helfer, ja, es ist sogar dein treuer und zuverlässiger Diener. Es bewirkt für dich, was du ihm aufträgst. Wir sprachen ja schon von der Umgestaltung oder Neugestaltung der eigenen Persönlichkeit, die durch Erziehung und negative Erfahrungen gebildet oder auch verbildet wurde. Auch war die Rede von gesundheitlichen Störungen, die man mit Hilfe des inneren Helfers bessern oder ganz beseitigen kann. Auch kannst du Probleme mit seiner Hilfe lösen.
Du mußt die überaus wichtige Bedeutung des Unterbewußtseins als deinen inneren Helfer richtig erlernen und schätzen lernen, damit du damit auch richtig umgehst. Du mußt ihn hoch schätzen

und ihm dankbar sein für alles, was er für dich bewirkt. Danke ihm, so oft du kannst, und zeig ihm, daß du dich auf den Erfolg freust, auch wenn dieser sich noch nicht eingestellt hat. Denn du weißt ja, daß er dir sicher ist. Danke deinem inneren Helfer ständig, daß er für dich da ist, daß er für dein Glück und deine Zufriedenheit arbeitet, Tag und Nacht, denn er schläft nie.

8

Technik des Mentaltrainings

Nun hast du verstanden, wie deine Seele und deine Persönlichkeit geprägt werden. Da du ein Kind oder ein Jugendlicher bist und daher immer noch von Erwachsenen abhängig bist und auch stark ihrem Einfluß unterliegst, wirst du nun die Möglichkeit haben, die von dir erkannten negativen oder störenden Seelenmuster ganz allein und ohne Hilfe zu verbessern und zu verändern.
Ich habe dich jetzt hoffentlich neugierig darauf gemacht, wie man dieses erreichen kann.
In drei Schritte unterteilt, werde ich es dir verständlich machen, wie du deine Ziele verwirklichen kannst. Allerdings mußt du bereit sein, täglich zu üben, sonst gelingt es dir nicht!

Die Fähigkeit des Vorstellens

Zuerst mußt du das Sehen von Gegenständen, Bildern und Handlungsabläufen mit deinem geistigen Auge, also mit geschlossenen Augen im Geist, lernen. Das bedeutet, daß du üben mußt, dir Dinge und Bilder vorzustellen, und zwar so lebendig, wie sie wirklich sind, und ganz genau, das heißt jede kleine Einzelheit, die dazugehört, und natürlich auch farbig.
Beginne damit, daß du dir einen einzelnen Gegenstand oder eine Figur vorstellst, einen Apfel, ein Kreuz, eine Banane, einen Kreis oder etwas anderes. Nimm zum Beispiel eine Banane. Du mußt sie deutlich und in allen Einzelheiten vor deinem geistigen Auge sehen. Vergiß nicht die braunen Streifen auf den Kanten und die Art, wie sie von dem großen Bananenstamm abgetrennt wurde. Ist die Trennungsfläche abgeschnitten, abgedreht oder abgerissen? Das sieht nämlich verschieden aus. Und wenn du es nicht genau weißt, gehe hin und schaue dir eine Banane im Obstkorb genau an. Und dann übe gründlich.

Wenn du dir eine Banane mit allen Einzelheiten gut vorstellen kannst, übe es noch einige Male mit anderen Dingen in der gleichen Weise. Wenn du das beherrschst, kannst du den nächsten Schritt tun.
Nimmt ein schönes Bild, das dir gut gefällt. Es sollte wirklich schön sein und darf kein Horror- oder Gespensterbild sein, nichts Böses oder Negatives darstellen. Vielleicht hängt ein schönes Bild an einer Wand in deinem Zimmer. Du kannst aber auch einen Kalender oder ein Buch aufschlagen und dir dort eines aussuchen. Nun schaue dieses Bild einige Zeit an, bist du glaubst, du kennst es ganz genau. Beachte auch die Einzelheiten, die Kleinigkeiten oder die Dinge, die du für Kleinigkeiten hältst. Dann schließe die Augen und stelle dir das gesamte Bild in den richtigen Farben und in allen Einzelheiten vor. Übe dieses mit mehreren anderen Bildern, bis du es gut beherrschst. Wenn du das letzte Kapitel aufmerksam gelesen hast, weißt du, daß schlechte Erfahrungen das Seelenmuster ungünstig prägen. Deshalb vermeide unbedingt unschöne Darstellungen. Wenn du auch diese Übung beherrschst, kannst du zur nächsten übergehen. Nun sollst du dir Handlungsabläufe vorstellen, zum Beispiel deine Eltern freuen sich über ein gutes Zeugnis. Du kommst nach der Schule in die Küche, wo alle am Küchentisch versammelt sind. Du hast das Zeugnis in der Hand und zeigst es den Eltern. Sie schauen es an, lachen und freuen sich, umarmen dich und gratulieren dir. Du bist ebenfalls glücklich, lachst und bedankst dich für ein Lob.
Stelle dir verschiedene solcher Handlungsabläufe in dieser Weise vor. Vielleicht, wie du besondere sportliche Leistungen erbringst als Tischtennis-, Tennis- oder Fußballspieler mit anschließender Ehrung und mit einer Urkunde oder einem Pokal in der Hand. Du mußt alle Einzelheiten deutlich sehen, so als hättest du einen Fernsehfilm vor dir.
Wenn du das Vorstellen von Gegenständen, Bildern und Handlungsabläufen mit geschlossenen Augen gut geübt hast, dann versuche das gleiche mit offenen Augen. Dann kannst du zum nächsten Schritt übergehen.

Wie man sich entspannt

So erkläre ich jetzt den zweiten Schritt. Du mußt nun lernen, in einen tiefen Entspannungszustand zu gelangen. Habe keine Angst, das kannst du auch bald, und dann geht es endlich an die eigentliche Aufgabe, die Umprägung oder Neuprägung des Unterbewußtseins.
Um zu einer tiefen Entspannung zu kommen, gibt es verschiedene Möglichkeiten. Man kann im Liegen üben, auf einer Couch oder auf dem Teppich. Eine andere Art ist die Entspannung im Sitzen. Dabei sitzt man bequem auf einem Stuhl, Sessel oder Sofa oder auch auf der Bettkante. Das Entspannen im Sitzen hat den großen Vorteil, daß man es überall üben kann, wo man gerade ist, bei langen Autofahrten, im Garten, im Urlaub, in der Eisenbahn, im Bus und wo man sonst noch Muße und Lust dazu hat.
Wenn du im Liegen übst, liegen die Arme an der Seite am Körper entlang. Im Sitzen nimmst du den Pharaonensitz ein. Schau dir das Bild (Seite 58) an. Du siehst, daß die Sitzhaltung aufrecht ist, wobei die Wirbelsäule und der Kopf eine einzige Linie bilden.
Die Beine stehen locker und bequem auf dem Boden, die Hände liegen locker auf den Knien oder den Oberschenkeln.
Wenn ich jetzt beurteilen sollte, welche Art der Entspannung besser oder günstiger ist, kann ich nur sagen, daß jeder die ihm angenehme Haltung üben sollte oder auch beide. Ich möchte aber mein eigenes Urteil über die beiden Möglichkeiten nicht zurückhalten. Wenn du dir angewöhnst, dich nur im Liegen zu entspannen, besteht die Gefahr, daß du regelmäßig einschläfst und in der Folge davon gut ausgeschlafen bist und dann eventuell nachts nicht einschlafen kannst, weil du nicht müde genug bist. Aber für dich selbst, für deine Arbeit an deinem Unterbewußtsein wirst du gar nichts erreichen.

Daher ist mehr zu der Pharaonenhaltung zu raten. Wie schon gesagt, kannst du sie überall leicht einnehmen, überall, wo du warten mußt, überall, wo du in einem Verkehrsmittel sitzt, manchmal sogar mehrere Stunden lang. So brauchst du bei keiner Gelegenheit deine Übungen, die Entspannung und die Bildvorstellung, zu versäumen. Denn man muß regelmäßig üben.

Abb. 2: Wie man sich entspannt

Es gibt noch eine Sitzhaltung für die Entspannung, die du aber nur einnehmen solltest, wenn sie dir wirklich angenehm und bequem ist. Das ist der Schneidersitz. Es könnte aber sein, daß dir nach zehn Minuten die Beine oder Füße einschlafen. Das wäre für deine Entspannung sehr störend, und du könntest dich nicht mehr auf deine Aufgabe konzentrieren. Daher überlege gut oder probiere aus, ob du es lange in dieser Haltung aushalten würdest. Wenn du es kannst, ist es eine sehr angenehme Haltung. Beachte dabei, daß Rückgrat und Kopf aufrecht bleiben. Der Kopf darf nicht nach vorne fallen. Er sinkt in der Entspannung immer tiefer, und der Halsbereich beginnt zu schmerzen, der Rücken krümmt sich ebenfalls, weil man nach vorne fällt, und es gibt ein sehr unangenehmes Gefühl, das dann die Konzentration sehr stört. Die Hände liegen bei dieser Schneidersitz-Haltung auf den Knien.
Nun noch ein wichtiger Hinweis. Sage deinen Familienangehörigen Bescheid, wenn du deine Übungen machen willst. Schließe dann dein Zimmer ab oder hänge ein Schild an die Tür: *Bitte nicht*

stören, damit die Familienmitglieder, falls sie deine Bitte um Ruhe vergessen haben sollten und zu dir herein möchten, wieder an deine Arbeit erinnert werden.
Denn aus tiefster Entspannung durch eine geräuschvoll aufgerissene Tür oder durch Geschrei vor der Tür aufgeschreckt zu werden , ist sehr unangenehm und kann sogar richtig weh tun.
Wenn du nun eine bequeme Haltung eingenommen hast, bei der Liegeentspannung die Arme an der Seite liegen, beim Pharaonensitz die Hände auf den Knien oder Oberschenkeln liegen, beginnst du mit der Körperentspannung. Du brauchst dabei nicht zu sprechen. Du denkst lediglich die Befehle, die du deinen einzelnen Körperteilen gibst.
Beginne mit dem rechten Fuß und denke: *Mein rechter Fuß ist locker und gelöst.* Du fährst nun in derselben Weise fort und benennst die anderen Körperteile in der richtigen Reihenfolge wie: *mein rechter Unterschenkel ist locker und gelöst, mein rechter Oberschenkel...* und so fort. Dann tust du das gleiche mit deinem linken Fuß, Unterschenkel und Oberschenkel. Dann stellst du dir vor, daß deine beiden Beine ganz locker und gelöst sind und daß du sie überhaupt nicht mehr spürst. Man sagt, daß man kein Körpergefühl in den Beinen hat. Nun kommen die Rückenmuskeln an die Reihe, dann Schultern und Nacken. Du denkst: *Meine Rückenmuskeln geben nach und sind ganz gelöst und locker.* Diesen Satz benutzt du auch für Schultern und Nacken. Dann nimmst du dir den rechten Arm vor, beginnend mit den einzelnen Fingern, weitergehend über die Hand, den Unterarm bis zum Oberarm. Du denkst nur: *Der rechte Daumen ist locker und gelöst, der rechte Zeigefinger ist locker und gelöst* und so fort, bis du auch in beiden Armen kein Körpergefühl mehr hast und sie nicht mehr spürst. Als nächstes und letztes lenkst du deine Gedanken in die Gesichtsmuskeln und in den gesamten Kopf und gibst den Befehl zur Entspannung. Du denkst: *Meine Gesichtsmuskeln sind locker und gelöst.* Dabei merkst du ein deutliches Entspannungsgefühl im Gesicht und in der Kopfhaut, denn da sind die Spannungen am größten, weil man ja mit dem Kopf ständig konzentriert sein muß, und das bedeutet *Spannung.* Vielleicht entspannt sich dein Gesicht so sehr, daß du sogar bemerkst, daß dein Unterkiefer herabfällt.

Nun spürst du deinen gesamten Körper nicht mehr, nur das Herz und den Atem, die beide ruhig und regelmäßig ihre Funktionen erfüllen. Alles ist ruhig und gelassen.
Vertiefe dann die Entspannung, indem du dir vorstellst, daß du eine Treppe hinuntersteigst oder angenehm und leicht in einem schönen blauen oder violetten Abgrund schwebst. Es kann auch eine schöne, dicke, weiche, weiße Wolke kommen und dich aufnehmen, mit der du in die Tiefe schwebst. Stelle dir vor, daß du sanft auf einer wunderbaren Wiese landest. Auf dieser Wiese siehst du viele bunte Blumen, du riechst das frische Gras, und du bist glücklich.
Die Entspannung wird immer tiefer und wohltuender. Du hast das Gefühl unendlichen Wohlgefühls.
Je tiefer und je länger der Entspannungszustand beibehalten wird, desto größer ist der Nutzen für deine Seele und für deinen Körper. Im allgemeinen genügen fünfzehn bis fünfundzwanzig Minuten.
Wenn du wieder ins aktive Bewußtsein zurück möchtest, darfst du nicht plötzlich aufspringen. Das wäre ein sehr unangenehmes Gefühl im gesamten Körper, und es könnte dir schaden. Bevor du die Augen aufschlägst, spanne vorsichtig der Reihe nach alle Muskeln an. Beginne mit den Händen, die du langsam zur Faust ballst. Dann spannst du die Armmuskeln an, dann die Beinmuskeln. Hebe die Arme und strecke dich. Danach stehe langsam auf. Ein Wohl- und Frischegefühl bleibt zurück.
Jetzt wärst du auch in einer guten Verfassung, um geistige und körperliche Leistungen zu erbringen, denn du bist gut *aufgetankt.*
Diese Tiefenentspannung mußt du nun regelmäßig und täglich üben, möglichst immer zur selben Zeit. Ich würde die Zeit vor dem Anfertigen der Hausaufgaben empfehlen. Du wirst sehen, wie flott die Schulaufgaben dir dann von der Hand gehen. Besonders, wenn du dir am Ende der Entspannungsübung noch vorstellst, daß du weißt, wie alles gemacht werden muß. Dabei denkst du: *Ich weiß alles, was die Lehrer mir heute erklärt haben, und ich kann meine Hausaufgaben alle richtig anfertigen.*
Hast du einen Aufsatz zu schreiben oder ein Bild zu machen, so fertige alles schon im Entspannungszustand an. Und anschließend schreibe oder male es nur auf. Du wirst erkennen, wie hilfreich das ist und wie schnell du dann deine Aufgaben erledigen kannst.

Wenn du die Entspannungstechnik gut beherrschst, brauchst du immer weniger Zeit, um in einen tiefen Entspannungszustand zu gelangen. Du brauchst dich dann nur noch hinzusetzen und zu denken, daß sich dein Körper entspannt, und du wirst merken, daß er das sofort tut, denn du hast ihm das ja gründlich beigebracht. Dann läuft die Entspannung automatisch ab wie Schreiben und Rechnen, was du ja auch üben mußtest, um es zu beherrschen.
Nun kann die eigentliche Arbeit, nämlich die Lösung oder Bewältigung von Problemen, beginnen.

Das Problem wird für das Mentaltraining vorbereitet

Alle Vorarbeiten und alle Übungsarbeit hast du geleistet. Jetzt soll der Erfolg alle Mühe krönen. Dazu werden die beiden Techniken, das Entspannen und das Vorstellen, zusammen angewendet.
Du überlegst dir ein Problem, das dir zu schaffen macht und das du auflösen möchtest. Oder du nimmst dir eine Störung in deinem Körper vor, die du beseitigen möchtest.
Nimm Papier und Bleistift zur Hand und schreibe das Problem oder die Störung auf. Dann überlege dir eine Figur, ein Bild oder einen kurzen Handlungsablauf, wobei du selbst glücklich, ohne das Problem oder die körperliche Störung, erscheinst. Das falsche Bild, die körperliche Störung, wird praktisch richtiggestellt, das heißt, sie ist gar nicht mehr vorhanden.
Als nächstes schreibe dein Vorstellungsbild auf. Die dritte Überlegung ist, welchen Text du zu dem vorgestellten Bild denken willst. Er muß dein Bild kräftig unterstützen. Er kann beinhalten, daß dein gestörtes Organ einwandfrei arbeitet und daß du gesund bist. Er muß vielleicht das Erreichen einer gewünschten schulischen Leistung zum Inhalt haben.
Eines mußt du streng beachten. In diesem kurzen, knappen Satz oder Text darf nie ein negatives Wort vorkommen. Das sind die Wörter *nie, nicht, kein, ohne, trotz, anstatt* und ähnliche Ausdrücke. Der knappe Text muß so formuliert werden, daß dein erreichtes Ziel oder das gelöste Problem nur mit positiven Wörtern

ausgedrückt wird. Der gedachte Text und das Vorstellungsbild müssen schon den neuen Zustand ausdrücken beziehungsweise darstellen, ihn sozusagen vorwegnehmen. Denke dabei aber nicht in der Zukunft: *ich werde, ich will,* oder benutze nie das Wunschwort *Ich möchte.* Das wäre falsch, denn *werden* und *möchten* kann ja bis weit in die Zukunft reichen, aber du willst deine Erfolge ja jetzt und hier haben. Also vermeide die Wörter *werden, wollen* und *möchten.* Dein Erfolg muß für dich völlig selbstverständlich sein, er muß für dich schon eingetreten sein. Du sagst: *ich bin schlank* und nicht *ich werde schlank.* In deinen gedachten Texten steht nur: *ich bin, ich habe,* der Lehrer *mag mich, ich gewinne im Tischtennis* und so weiter.
Solche Sätze nennt man *bejahend,* es sind Bejahungen. Du mußt dir also immer eine zur Lösung deines Problems passende Bejahung überlegen.

Hier ist ein Beispiel:
Problem: „Ich bin zu dick!"

Bild.	Ich sehe mich als schlanke Person, bewege mich wie ein Schlanker. Ich sehe mich auf einer Waage stehen, und sie zeigt mein Idealgewicht an.
Text:	„Ich bin schlank, Ich wiege ... Kilo."

Wenn dann alles gut überlegt und durchdacht ist, kannst du mit der Arbeit beginnen. Versetze dich in den eingeübten tiefen Entspannungszustand, bist du deinen Körper nicht mehr spürst, das heißt, bis du ohne Körpergefühl bist. Stelle dir deine Figur, dein Bild oder deinen Handlungsablauf bis in alle Einzelheiten vor und denke dazu einen kurzen Text. Halte das Bild länger fest und denke den Text mehrmals hintereinander – mindestens fünfmal. Laß dir dabei Zeit und hetze nicht. Sei aber vollkommen sicher, daß alles eintritt, woran du arbeitest. Freue dich schon jetzt über – nicht auf – den Erfolg. Sei schon jetzt dankbar für den Erfolg. Sage deiner inneren Kraft jedesmal Dank, bevor du den Entspannungszustand beendest. Vergiß nicht, es stärkt dich im Glauben an deinen Erfolg.

Arbeit bis zum Erfolg

Du möchtest jetzt auch gern wissen, wie lange es dauert, bis du das dir gesetzte Ziel erreichst. Arbeite täglich mindestens einmal an deinem Problem. Arbeite immer bis zum Erfolg. Das können fünf Tage oder sechs Monate sein, je nachdem, wie schwierig das Problem ist. Dann ist das neue Muster in deinem Unterbewußtsein *eingeritzt.* Du hast das alte untaugliche Programm durch ein neues ersetzt. Und das Schöne daran ist, daß du es selbst geschrieben und allein eingesetzt hast.
Wie schon gesagt, wenn das von dir ausgearbeitete Programm sehr schwierig und das Ziel sehr hoch gesteckt ist, kann es auch länger oder viel länger dauern. Du darfst aber nie aufgeben. Ist deine Gedankenkraft sehr stark, so kannst du auch an zwei Problemen beziehungsweise an zwei neuen Programmen gleichzeitig arbeiten. Das eine könnte ja für jetzt sein, das andere für die Zukunft. Vergiß aber nicht, auch wenn du an einem zukünftigen Erfolg arbeitest, muß diese Bejahung immer für jetzt und heute formuliert sein. Ein Beispiel hierfür wäre der Berufswunsch, mit dem man sich ja schon recht früh befassen sollte, um ihn dann auch tatsächlich verwirklichen zu können.
Beim Lesen über dieses Mentaltraining wirst du oft gedacht haben: So etwas Einfaches, und das soll funktionieren? Ja, es funktioniert. Probiere es aus. Und wenn du deinen ersten glücklichen Erfolg hast, wirst du jubeln, denn spätestens dann weißt du, was du für eine Kraft in dir hast, die dir immer zur Verfügung steht, wenn du sie richtig ansprichst. Diese Kraft ist immer da, sie ist ständig bereit, dir zu dienen und hat stets den Wunsch, dich zufrieden und glücklich zu machen. Dein überzeugter und innig ausgesprochener Dank sollte aber nicht vergessen werden. Ja, diese Kraft wartet schon lange darauf, daß du sie endlich für dich entdeckst, daß du sie ansprichst und sie für dich nutzt. Denn dafür ist sie in dir vorhanden. Derjenige ist arm dran, der es nicht wahrhaben will oder diese Kraft leugnet.

Zusammenfassung des gesamten Ablaufes des Mentaltrainings

1. Entspannung:
Die Augen sind geschlossen. Zu Beginn der Entspannung dreimal tief ein- und ausamten. Es folgt die Befehlserteilung: Der rechte Fuß ist locker und gelöst. Der rechte Unterschenkel ist locker und gelöst. Der rechte Oberschenkel ist locker und gelöst. Das ganze rechte Bein ist nun ganz locker und gelöst, und ich spüre es nicht mehr. Ich habe im rechten Bein kein Körpergefühl mehr.
Der linke Fuß ist locker und gelöst. Der linke Unterschenkel ist locker und gelöst. Der linke Oberschenkel ist locker und gelöst. Das ganze linke Bein ist locker und gelöst, und ich spüre es nicht mehr. Ich habe im ganzen linken Bein kein Körpergefühl mehr.
Meine beiden Beine sind vollkommen entspannt. Sie sind ohne Körpergefühl.
Der Unterkörper ist ganz locker und gelöst. Der Oberkörper ist ganz locker und gelöst. Die Rückenmuskeln geben nach. Sie werden ganz weich und locker.
Die rechte Hand ist locker und gelöst. Der rechte Unterarm ist locker und gelöst. Der rechte Oberarm ist locker und gelöst. Ich habe im ganzen rechten Arm kein Körpergefühl mehr. Ich spüre ihn nicht mehr.
Die linke Hand ist locker und gelöst. Der linke Unterarm ist locker und gelöst. Der ganze linke Arm ist locker und gelöst. Ich habe auch in diesem Arm kein Körpergefühl mehr. Ich spüre ihn nicht mehr. Die rechte Schulter ist locker und gelöst. Die linke Schulter ist locker und gelöst. Alle Muskeln geben nach und sind weich und locker.
Der Kopf ist locker und gelöst. Die Gesichtsmuskeln lösen sich und werden weich und locker. Der Mund ist locker und gelöst. Die Zunge schwebt lose im Mund. Der ganze Kopf ist entspannt. Nun ist der gesamte Körper tief entspannt, ganz gelöst und locker.
Mein Herz schlägt gesund und regelmäßig. Mein Atem geht gesund und regelmäßig.
Ich sehe mich auf einer weißen Wolke sitzend, die herabschwebt und auf einer schönen Wiese landet. Ich genieße den Anblick die-

ser schönen Wiese. Die Sonne scheint. Ich sehe Schmetterlinge und ein Reh. Es kommt zu mir, und ich streichle es.

2. Bildvorstellung und Textsuggestion:

Nun ist der Augenblick gekommen, die Bildvorstellung vor dem geistigen Auge erstehen zu lassen. Wenn aber noch störende Gedanken auftauchen, so ersetze man diese durch die Bildvorstellung, die man wie eine Photographie vor den Gedankenfluß setzt. Eine andere wirksame Technik, den Gedankenstrom abzuwürgen, ist, ganz konzentriert auf die Schwärze unmittelbar vor den geschlossenen Augen zu schauen. Das ist meine eigene erprobte Methode, die immer funktioniert.
Wenn die Bildvorstellung gelungen ist, wird in Gedanken die Textsuggestion gesprochen. Während dieser Wortsuggestion sollen die Bilder weiterhin vorgestellt werden. Das Unterbewußtsein spricht am stärksten auf Bilder an. Deshalb betone ich hier noch einmal, daß die Ausarbeitung der Bildvorstellung bei der Vorbereitung des Mentaltrainings eine ganz besondere Beachtung finden muß. Je präziser sie auf das spezielle Problem abgestimmt ist, desto schneller der Erfolg.
Man kann Bildvorstellung und Textsuggestion beliebig oft wiederholen.

Das Mentaltraining wird mit einer Minute Gedankenstille beendet. Im Anschluß daran folgt die Aufweckphase. Alle Muskeln des Körpers werden angespannt, mit Händen und Armen wird begonnen. Es folgen die Beine. Schließlich wird der ganze Körper gereckt und gestreckt. Das volle Wachbewußtsein ist wieder zurückgekehrt. Wohlbefinden und Frische breiten sich im ganzen Körper aus. Das ist ein wunderbarer Nebeneffekt beim Mentaltraining, und sein Nutzen kann nicht hoch genug eingeschätzt werden.

3. Mentaltraining ist überall durchzuführen

Zum Schluß noch eine wertvolle Anregung für ein noch effektiveres Mentaltraining. Wenn im Tagesablauf zwangsläufig Muße eintritt wie beim Warten auf Bus, Zug oder Flugzeug oder während einer

Fahrt oder eines Fluges läßt sich das Mentaltraining bestens durchführen. Daß dann allerdings manchmal auf den tiefen Entspannungszustand verzichtet werden muß, ist weiter nicht gravierend. Die Häufigkeit und längere Dauer der Projektion des Vorstellungsbildes und des dazu gedachten Textes gleichen den Mangel bestens aus.
Auch die Wartezeiten bei Behörden und Ärzten kann jeder effektiv für sich nutzen. Wer sich allerdings geniert, in der Öffentlichkeit die Augen zu schließen, sollte das Bilder-Schauen mit offenen Augen trainieren. Das ist überhaupt nicht schwierig, aber äußerst nützlich. Das Vorstellungsbild kann gut an Wänden oder an blauen oder auch bedeckten Himmel, aber auch nur im eigenen Kopf gesehen werden. Dazu denkt man sich den Text, und niemand von den Anwesenden merkt, wie angenehm und effektiv man sich die Zeit vertreibt.

Wann tritt der Erfolg ein?

Natürlich möchte jeder wissen, wie lange das Mentaltraining betrieben werden muß, um einen Erfolg deutlich verspüren zu können. Dazu kann ich versichern, daß niemand, den ich kenne, mehr als 20 Tage an seinem Problem gearbeitet hat.
Noch vor Jahren empfahl ich eine täglich dreimalige Durchführung des Mentaltrainings, weil ich selbst es damals dreimal täglich gemacht hatte. Mein Leidensdruck war sehr stark, und ich dachte, mehr ist besser als weniger. Zur damaligen Zeit befand ich mich noch in der Experimentierphase. Mein Erfolg war verblüffend.
Inzwischen, nach all den Jahren der Praxis, weiß ich, daß das einmal täglich durchgeführte Mentaltraining zu dem gleichen Erfolg führt. Die mentalen Kräfte, die man aktiviert, brauchen Zeit, um ihre Wirksamkeit zu entfalten.
Nach 14–21 Tagen täglicher einmaliger Übung tritt der Erfolg unweigerlich ein. Man darf sich nicht erkauben, einen Tag auszusetzen. Vor dem Erfolg steht immer die Arbeit. Das gilt auch hier.

9

Gedankenkraft und Wunscherfüllung

Man soll nur gute Gedanken haben

Schon im ersten Kapitel dieses Buches war von der Kraft der Gedanken die Rede. Und wie du jetzt weißt, was Gedanken alles bewirken können, weißt du auch, wie gut du deine Gedanken beherrschen mußt, damit du wirklich nur so denkst, daß es zu deinem Wohlergehen ist. Wenn in dir nur gute Gedanken sind, wird es dir auch gutgehen. Solltest du Böses denken, so wird es dir auch bös ergehen. Haß, Neid, Aggression, Mißgunst und gewalttätige Gedanken und Gefühle werden in ihrer ganzen Übelkeit auf dich selbst zurückkommen. Du schadest nicht dem, den du haßt oder auf den du neidisch bist. Die betroffene Person merkt es vielleicht nicht einmal. Oder wenn sie es merkt, ist es ihr gleichgültig, oder sie lacht sogar über deine ohnmächtigen negativen Gefühle ihr gegenüber. Du aber zerquälst dich mit diesen negativen Gefühlen und findest nachts keinen Schlaf, kannst dich weder vormittags auf den Schulunterricht noch nachmittags auf die Hausaufgaben konzentrieren. Du ärgerst dich über deinen Ärger und kannst doch nicht dagegen ankämpfen, oder, besser gesagt, du willst es eigentlich gar nicht, denn jeder Versuch scheitert, weil du es unbewußt eben nicht willst. Du verbringst Stunden damit, über Rache zu grübeln und dir Bosheiten auszudenken, wie du deinen sogenannten „Feinden" Schaden zufügen könntest. Ich sage dir, du opferst deinen Feinden deine besten Energien, die du für dich selbst, für deine Arbeit, für deine persönliche Entwicklung, für deine Zukunftsgestaltung so dringend benötigst.

Wenn deine Feinde gewahr werden, welche Kräfte du, vielleicht sogar völlig erfolglos, an sie verschwendest, lachen sie sich ins Fäu-

stchen, und du bist der Dumme. Wenn sie es nicht gewahr werden, hast du ja noch weniger davon, und du bist auch der Dumme. Deshalb mußt du erkennen, du mußt es von Herzen und mit deinem ganzen Verstand einsehen, daß du dich nie negativen Gedanken hingeben darfst. Du mußt dich selbst so sehr lieben, daß du immer bereit bist, dich auch nur für dich selbst einzusetzen und alle deine Kräfte auf deine eigene Entwicklung und auf deine eigenen Ziele zu konzentrieren. Du darfst dich auch nicht verzetteln. Denk an dich, akzeptiere dich so, wie du bist. Jetzt kommt vielleicht in dir der Gedanke auf: Und *die anderen? Wie ist es mit der Nächstenliebe?* Du wirst alle Menschen lieben, wenn du dich selbst liebst und selbstsicher und glücklich durchs Leben wanderst. Wenn du zufrieden bist, gönnst du jedem anderen das gleiche Glück. Und die anderen werden dich auch lieben. Zur Nächstenliebe wäre zu sagen, daß auch diese eine Folge der Liebe zu dir selbst ist.
Wenn du dich glücklich und erfolgreich erlebst, möchtest du das gleiche auch für deine Mitmenschen und bist nicht mehr fähig, Neid oder Mißgunst zu empfinden. Du entwickelst Mitgefühl für die leidenden Mitmenschen und wirst versuchen, mit deinen Möglichkeiten zu helfen. Und das ist ein befriedigendes Gefühl. Aber wie gesagt, die Voraussetzung dafür ist, daß du selber glücklich bist.

Jeder führt sein Leben selbst

Das Schöne und Einfache an der ganzen Sache ist, daß du selber der Führer deines eigenen Lebens bist, daß du selber der Herr über dein eigenes Schicksal bist. Denn deine Gedanken bestimmen dein Leben und deine seelisch geistige Entwicklung. Sei damit sorgfältig, denn du mußt dir für dich das Beste vornehmen. Und wenn du deine Gedanken nicht an negative Gefühle und Wünsche verschwendest, wirst du auch das Beste für dich erreichen.

Freue dich über die Erkenntnis, daß du keinem Schicksal ausgeliefert bist. Denn du bist es selbst, der sein Leben selbständig gestaltet und ihm die für dich richtige Richtung gibt. Denke aber daran, immer nur gute Gedanken zu hegen.

Sollte es dir passieren, daß du negativen Gedanken nachhängst, so verjage sie und ersetze sie durch positive. Hier ein Beispiel: Dein Leistungskonkurrent in Mathematik, den du sowieso nicht leiden kannst, hat die beste Mathematikarbeit geschrieben, eine Eins. Du aber hast nur eine Drei. Das ärgert dich so sehr, daß es dir tagelang die Laune verdirbt und deinen Ehrgeiz dermaßen anstachelt, daß du ihn beim nächsten Mal unbedingt ausstechen willst. Du lernst, du paukst, du *versteifst* dich in den Stoff und beherrschst ihn letzten Endes. Und weil du dich versteifst, das heißt verkrampft hast, bist du auch beim nächsten Mal nicht in der Lage, deinen Konkurrenten zu übertrumpfen und so gut abzuschneiden, wie es deinen Fähigkeiten entspräche, ja, die sind vielleicht erheblich größer als die deines Konkurrenten.
Deine negativen Gedanken haben dir die Kraft genommen. Der Klassenkamerad hat nicht gemerkt, was du empfunden hast und was dich so belastet hat. Er konnte weiterhin gute Leistungen erbringen, weil er den Triumph über dich genoß, der ihn zu weiteren guten Leistungen angespornt hat. Hättest du in diesem Fall dem Klassenkamerad die gute Leistung gegönnt, dann wären diese guten Gedanken auf dich selbst zurückgefallen. Du hättest dich nicht verkrampft, um ihn unbedingt auszustechen. Du wärst locker und deiner Fähigkeit sicher geblieben. Und die nächste Klassenarbeit hätte zu deinen Gunsten geklappt.
Nach diesem alltäglich vorkommenden Beispiel könnte man noch viele andere anführen. Aber das erübrigt sich, denn jedem fallen an dieser Stelle sicher genug ähnliche ein, die ihn selbst betreffen. Das ist jetzt eine Gelegenheit und eine Aufforderung, deine Gedanken und Gefühle durchzuchecken und alles hinauszuwerfen, was dem Anspruch *gute Gedanken* nicht standhält.
Inzwischen weißt du schon, welche Kraft deine Gedanken haben, und du kannst mit dieser Kraft sehr viel bewirken. Aber wie schon gesagt, negative Gedanken fallen auf dich selbst zurück, denn dein Unterbewußtsein kann nicht unterscheiden, ob die schlechten Gedanken dir selbst oder jemand anderem gelten. Es bezieht alle Gedanken nur auf dich, denn nur für dich arbeitet es. Also sei vorsichtig, überlege gut und sortiere deine Gedanken aus.

Das Pendelexperiment

Nun noch einmal zur Kraft deiner Gedanken. Beweise sie dir selbst.
Nimm einen Gegenstand, einen Ring, eine Stecknadel, einen Kugelschreiber oder etwas Ähnliches und befestige daran einen etwa zwanzig Zentimeter langen Faden. Nun stütze deinen Arm auf eine Tischplatte, konzentriere dich auf den am Faden befestigten Gegenstand und halte die Hand absolut ruhig, so daß der Gegenstand senkrecht und ganz still hängt. Nun denke: *Pendel , bewege dich vom rechten Arm zum linken Arm* oder *von mir zum Fenster, zur Tür* oder was immer dir gegenüberliegt. Du wirst feststellen, wie deine bloßen Gedanken dein Pendel in die gedachte Richtung bewegen. Verblüffend, nicht?

Nun siehst du, was deine Gedanken bewirken können. Sie sind ja Energie. Deine Gedanken, diese große Kraft, die dein Pendel bewegt, kann dir selbst zum Segen werden, wenn du sie richtig und für dich selbst einsetzt. Und wenn du mit der Hilfe dieser wunderbaren Kraft zufrieden, glücklich und erfolgreich geworden bist, wirst du davon auch auf deine Mitmenschen ausstrahlen.

Deine Gedanken gehören dir

Du mußt deine wertvolle Gedankenkraft jeweils auf die Lösung eines Problems konzentrieren, dann wirst du feststellen, was du alles erreichen kannst. Der erste Erfolg ist der Beweis und wird dich anspornen, diese Kraft Tag und Nacht für dich arbeiten zu lassen. Denn sie ist immer hellwach und aktiv. Sie schläft nie. Wenn du schläfst, tut diese innere Kraft in dir alles für dich, was du ihr aufträgst.
Gedankenkraft ist die Energie, die dich alles erreichen läßt. Du mußt sie nur konsequent und richtig einsetzen. Wird es dir nicht schwindlig bei dem Gedanken an die ungeheuren Kräfte in dir, von denen du bisher nichts wußtest?
Freue dich, ja freue dich, daß du es jetzt erfährst und ab sofort dei-

nen eigenen Nutzen daraus ziehen kannst.
Tu dir Gutes, denn du bist es wert. Du bist ein Geschöpf Gottes, du gehörst zu der Gattung der höchst entwickelten Geschöpfe der Natur, und auch für dich selbst mußt du das Beste und Höchste wollen und mit allen Kräften, die dir gegeben sind, zu erlangen versuchen. Die Freiheit dazu ist dir in die Hände gelegt. Die Kräfte sind in dir vorhanden. Du mußt sie erkennen und nutzen. Kennst du den Spruch: *Hilf dir selbst, so hilft dir Gott?* Das heißt, wenn du deine geistigen Kräfte einsetzt, wird dir alles gelingen.
Du darfst selbst entscheiden, was du denken und was du tun möchtest – entscheide dich für deine eigene Person. Kontrolliere stets deine Gedanken daraufhin, ob sie gut sind. Wünsche auch deinen Feinden alles Gute. Es wird dir zuerst schwerfallen. Wenn du es aber geschafft hast, deine Gedanken, die immer nur um eine ungeliebte Person kreisten, wieder auf dich selbst und deine Ziele zu lenken, wirst du ein Gefühl der Befreiung empfinden. Ist es nicht unnatürlich, daß du ausgerechnet der gehaßten Person die meisten deiner wertvollen Gedanken widmest, daß du ein so wichtiges Potential an einen »Unwürdigen« verschwendest? Überwinde den Haß!

Schuldgefühle zerstören die Seele

Befreie dich auch von allen Schuldgefühlen, dann gehören deine Gedanken wieder dir allein. Beispiele für Schuldgedanken sind: *ich habe wieder zuviel gegessen – ich habe schon wieder nicht gelernt – ich habe schon wieder gemault – ich habe wieder eine Fünf geschrieben – ich habe mein Taschengeld schon wieder für Süßigkeiten ausgegeben – ich habe schon wieder gelogen – ich bin schlecht, und deshalb lieben mich meine Eltern nicht mehr und lehnen die Lehrer mich ab.*
Schuldgefühle zerstören die Seele, mindern das Selbstwertgefühl. Stelle all deine Fehler mit Hilfe des Mentaltrainings nach und nach ab. Und wenn du ab und zu doch noch etwas falsch machst, so nimm es dir nicht übel. Dieser Mißerfolg ist dann notwendig gewesen. Er sollte dich auf etwas aufmerksam machen. Finde heraus, worauf, und mache es das nächste Mal besser.

Wunscherfüllung

Mit Staunen und Freude hast du nun Seite für Seite gelesen und natürlich gleich daran gedacht, sofort mit der Arbeit an dir und deinen Problemen zu beginnen. Je eher, desto besser. Mit noch größerem Staunen, vielleicht ungläubigem Staunen, wirst du in diesem Kapitel erfahren, daß du dir auch alle deine geheimsten Wünsche erfüllen kannst. Nun fällt dir sicher gleich ein ganzer Wunschzettel ein. Aber es kommt kein Weihnachtsmann. Das wäre ja auch viel zu leicht. Du mußt dir deinen Erfolg selbst hart und zielstrebig erarbeiten. Das Schöne und Beglückende aber ist, daß du nicht von der Laune oder dem Geldbeutel anderer Personen abhängig bist. Du brauchst niemandem deinen Wunsch zu verraten, denn manch einer könnte ihn ja auch lächerlich finden und dich verunsichern oder mutlos machen. Ob ein Wunsch lächerlich, erfüllbar oder unnütz ist, das beurteilst du ganz allein. Aber wie ich schon häufig wiederholt habe, der Wunsch muß natürlich auf irgendeine Art realisierbar und vernünftig sein. Denn zaubern kann dein Unterbewußtsein, das ja dein innerer Helfer ist, nicht. Du kannst dir ein Haustier wünschen, aber keinen lebendigen Elefanten oder Tiger. Es könnte auch eine Reise sein, aber keine Weltreise für ungeheuer viel Geld, das dir keiner beschaffen kann. Wenn deine Wünsche übertrieben sind, verschwendest du nur deine kostbare Kraft und Zeit. Überlege gut, was du dir wünschst; sei klug und nicht unbescheiden, dann wirst du auch Erfolg haben.
Nun endlich sollst du erfahren, was du zur Verwirklichung deiner Wünsche tun mußt. Du wendest die gleiche Technik an, wie sie in Kapitel 7 schon beschrieben wurde. Sehr wichtig ist auch hier – und das muß dringend beachtet werden – eine kurze genaue Formulierung deines Wunsches. Diese muß gut überlegt sein. Auch die Bildvorstellung muß klar und eindeutig sein. Deinen Wunsch stelle dir schon in der Erfüllung vor. Freue dich schon auf die Erfüllung, und sei schon im voraus dankbar dafür. Übe und arbeite täglich, wenn es geht mehrmals, bis zum Erfolg.
Damit du schneller zum Erfolg gelangst, rate ich dir noch eine zusätzliche Methode, mit der du die Mentaltechnik noch ausweiten kannst und deine Bild- und Gedankentechnik sehr wirksam unterstützen kannst. Überlege dir eine ganz kurze, knappe Formulierung deines Wunsches, wie zum Beispiel *ich habe einen Hund,* und die-

sen Satz wiederholst du laut, leise oder nur in Gedanken; immer wieder, wann immer du etwas Zeit und Muße hast. Das könnte sein: beim Spaziergang, beim Aufräumen, beim Briefmarkensortieren, beim Schuheputzen, beim Rasenmähen, beim Abtrocknen und so weiter. Dieser Satz kann auch auf eine Melodie gesungen werden. Wenn eine Endlos-Kassette und ein Walkman vorhanden sind, läßt sich dieser kurze Satz auch mit Hilfe der Technik ständig wiederholen, damit er tief und nachhaltig in das Unterbewußtsein eindringt und dort seine Wirkung tun kann. Immer wenn du eine Arbeit verrichtest, die keine große geistige Konzentration erfordert, hörst du deine Kassette mit Hilfe des Walkman oder eines Kassettenrecorders. Dabei brauchst du nicht einmal zuzuhören. Der Satz dringt ohne dein Zutun in dein Unterbewußtsein und tut dort seine Wirkung. Auf diese Weise verstärkst du die Kraft deines Wunschgedankens, und der Wunsch wird sich schneller erfüllen.

Dein erster Erfolg wird dich verblüffen, und dann erst wirst du begreifen, was du in deinem ganzen schönen Leben alles für dich erreichen kannst. Wenn du es richtig willst und es richtig machst, kannst du ein glücklicher und erfolgreicher Mensch werden bis zu der Grenze, die die Natur dir setzt. Das bedeutet, daß ein Unmusikalischer nicht Dirigent werden kann oder ein zwei Meter großer und schwerer Mann nicht als Jockey beim Pferderennen reiten kann.

Noch ein Hinweis. Versuche, bei allen vorgestellten Bildern auch deine anderen Sinne einzusetzen. Stelle dir auch die passenden Geräusche und Gefühle, wie Freude und den passenden Geruch, vor. Dann wird es ein vollkommenes Bilderlebnis werden.

10

17 Rezepte für den Erfolg

Nach all den vielen Erklärungen führe ich jetzt konkrete Beispiele an, damit du genau weißt, wie du es machen sollst.
Aus folgenden Vorschlägen kannst du das Richtige für dich aussuchen oder Anregungen für deine eigenen Überlegungen finden.

Schlechte Klassenarbeiten

Du schreibst schlechte Klassenarbeiten, obwohl du gelernt hast und auch den Stoff verstanden hast.

Bild: Dein Lehrer gibt dir lachend und dich lobend eine gute Arbeit zurück. Unter der Arbeit siehst du deutlich eine Eins, Zwei oder Drei. Du kommst nach Hause und zeigst deinen Eltern deinen Erfolg. Sie freuen sich und gratulieren dir.

Suggestion: Ich bin ruhig und gelassen. Ich weiß alles, was ich gelernt habe, und kann es richtig anwenden und aufschreiben.

Mangelnde Konzentration

Du kannst dich nicht oder nur schlecht auf eine Sache konzentrieren.

Bild: Stelle dir die Arbeit an einer Sache vor, zum Beispiel, du willst einen Gegenstand basteln. Bastele ihn in Gedanken. Zunächst beginne damit, über das Material nachzudenken und es dir vorzustellen, die Farben, Holz, Papier oder Kunststoffe. Dann beginne in Gedanken mit der Arbeit, und stelle den Gegenstand in allen Einzelheiten her, und führe die

	richtigen Handgriffe und Arbeiten in der richtigen Reihenfolge aus. An dem fertigen Stück freue dich, und schließe die Suggestion an.
Suggestion	Ich kann alles vollbringen. Ich überlege gut und beschäftige mich nur mit einer Sache. Ich bin immer aufmerksam. Lernen macht mir Spaß.

Trainiere auf diese Weise mit verschiedenen Dingen. Du wirst sogar Freude dabei empfinden und vielleicht sogar manchen Gegenstand tatsächlich anfertigen. Außerdem bildest du deine Phantasie aus, die genauso wichtig ist wie das reine vernünftige Denken. Phantasie brauchst du für erfolgreiches Lernen und Arbeiten.

Angst vor Klassenarbeiten

Bild:	Du siehst dich während einer Klassenarbeit fröhlich und eifrig schreiben. Der Lehrer lobt deine Konzentration.
Suggestion:	Ich bin ruhig und gelassen. Ich weiß alles, was ich gelernt und geübt habe und kann alle Fragen beantworten. Ich kann alles, was zum Thema gehört, richtig aufschreiben.

Angst vor Hunden

Bild:	Du gehst sicher und geradewegs auf einen Hund zu, und er ist brav und friedlich. Du spielst mit ihm.
Suggestion:	Hunde sind Freunde des Menschen. Sie helfen den Menschen und retten sie auch aus Gefahr.

Angst vor Schlangen

Bild:	Du stellst dir mehrere Schlangen im Zoo in einem Schlangenkäfig vor. Sie liegen friedlich da.
Suggestion:	Schlangen sind mir gleichgültig. Sie sind Lebewesen auf unserer Erde genau wie ich.

Angst vor Spinnen

Bild: Du beobachtest eine große schöne Spinne, die am Rande ihres Netzes ist und sich den vielen Mücken und Fliegen zuwendet, die in das Netz gegangen sind. Du freust dich über diese nützliche Art der Spinne.

Suggestion: Spinnen sind mir gleichgültig. Ich bin froh, daß es sie gibt, denn sie sind sehr nützlich.

Angst vor Mäusen

Bild: Du schaust Mäusen zu, wie sie hin- und herlaufen.

Suggestion: Mäuse sind mir gleichgültig.

Angst, allein zu Hause zu sein, besonders abends und nachts

Bild: Du gehst abends durch das leere Haus, gehst sicher, gut gelaunt und fröhlich singend oder pfeifend von einem Zimmer in das andere.

Suggestion: Alleinsein ist mir gleichgültig. Ich bin immer ruhig und gelassen. Alleinsein ist auch schön.

Sich abgelehnt fühlen

Du fühlst dich von Mutter, Vater oder einer anderen Pflege- oder Erziehungsperson abgelehnt. Das heißt nicht, daß du auch tatsächlich abgelehnt wirst, hast aber aus vielerlei Gründen das Gefühl, abgelehnt zu werden, und das kann dir sehr zu schaffen machen.

Bild: Du bist immer mit Vater oder Mutter oder beiden oder mit der Pflege- oder Erziehungsperson zusammen. Du spielst mit ihnen oder gehst mit ihnen spazieren. Sie nehmen dich in den Arm, streicheln dich und sind mit dir fröhlich und glücklich (male dir viele schöne Situationen aus).

Suggestion: Meine Mutter (mein Vater, meine Tante etc.) liebt mich. Sie denkt nur an mich und tut alles für mich.

Eine Person kann dich nicht leiden

Vor dem Beginn des Mentaltrainings stelle dir die Person, die dich nicht leiden kann, in allen Einzelheiten vor. Wenn dir das Bild gelungen ist, beginne mit der Entspannung, und fahre dann mit dem Mentaltraining, d. h. Entspannung, Bildvorstellung, Suggestion und Rückkehr in das Normalbewußtsein, fort.

Bild: Du trittst in einen Raum, wo die bewußte Person mit einigen anderen zusammensteht. Das kann je nach dem Umfeld dieser Person ein Klassenzimmer, ein Wohnzimmer, ein Sporttrainingsraum, ein Fußballumkleideraum etc. sein.
Du kommst herein, und die bestimmte Person kommt auf dich zu, gibt dir die Hand, lacht dich an und begrüßt dich herzlich und freudig. Du erwiderst die Begrüßung genauso freundlich. Dann legt die Person ihren Arm um deine Schultern und führt dich zu den anderen. Ihr steht alle da und plaudert fröhlich.

Suggestion: Herr/Frau X/Fritz/Olga etc. kann mich gut leiden. Sie/Er freut sich immer, wenn ich komme und sie/er mich sieht. X mag mich und respektiert mich so, wie ich bin. Von jetzt an komme ich gut mit X aus. Auch ich trete ihr/ihm selbstbewußter entgegen, ich bin immer freundlich und ausgeglichen. Ich freue mich, daß ..X mich jetzt immer freundlich und zuvorkommend behandelt und daß wir so gut miteinander auskommen.

Sich einsam fühlen

Du fühlst dich einsam.

Bild: Stelle dir ein schönes Haus vor. An der Tür steht geschrieben: *Haus der Liebe.* Du gehst hinein und findest dort viele liebe Menschen, auch nächste Angehörige, Klassenkameraden, Nachbarn und so weiter. Sie lachen dir entgegen und begrüßen dich

	fröhlich. Du freust dich und sprichst mit ihnen. Es ist eine glückliche und fröhliche Gesellschaft.
Suggestion:	Ich treffe viele liebe Menschen, mit denen ich mich gut verstehe. Ich habe gute Freunde. Ich bin glücklich, denn alle mögen mich.
Anmerkung:	Voraussetzung für die Erfüllung dieses Wunsches ist natürlich, daß du dich unter Menschen begibst.

Du wünschst dir einen Freund oder eine Freundin

Bild:	Stelle dir einen Jungen oder ein Mädchen vor, ungefähres Aussehen, denke an Größe, Figur und Haarfarbe. Unterhalte dich mit deiner Gestalt, gehe mit ihr spazieren, spiele mit ihr Tennis, höre Platten und Kassetten.
Suggestion:	Das ist mein Freund (meine Freundin). Ich freue mich. Ich genieße das Zusammensein.
Anmerkung:	Stelle dir keine bestimmte Person vor. Denn das wird nicht klappen. Dein Bewußtsein wünscht sich diesen begehrten Menschen. Doch dein Unterbewußtsein, dem du ja deinen Wunsch anvertraust, weiß besser, wer zu dir paßt. Du mußt geduldig warten, bis die Person dir zugeführt wird. Auch hier ist wieder Voraussetzung, daß du unter Menschen gehst.

Du möchtest beliebter sein

Bild:	Du stehst auf einer schönen Wiese. Um dich herum stehen und sitzen deine Angehörigen, Nachbarn, Klassenkameraden und Lehrer. Alle kommen zu dir und lächeln dir zu und sagen, daß sie dich mögen. Du freust dich und bist glücklich.
Seggestion:	Alle mögen mich. Ich bin immer freundlich und hilfsbereit. Alle Menschen sind gerne mit mir zusammen.

Du hast Minderwertigkeitsgefühle

Die Gründe dafür können vielfältig sein, daher gehe ich auf sie nicht ein. Das Wichtigste ist ja, daß du dich selbst davon befreien kannst.

Bild: Du stehst auf einer schönen Wiese, siehst die bunten Blumen, hörst die Vögel singen, riechst das Gras. Aus den Wolken scheint ein heller Lichtstrahl auf dich herab. Das Licht fließt in dich ein. Du selbst beginnst zu glitzern und zu strahlen. Du bist glücklich und siehst dich als etwas Besonderes, denn du bist eine Lichtgestalt. Rings um dich herum siehst du Menschen, bekannte und unbekannte, die dich bewundernd anschauen und von der Wirkung deiner Lichtgestalt beeindruckt sind.

Suggestion: Ich bin ein Geschöpf Gottes und so viel wert wie jeder Mensch. Ich habe viele gute Fähigkeiten und Begabungen, mit denen ich viel erreichen kann. Denke dann an diese Fähigkeiten und Begabungen.

Du findest dich häßlich

Zunächst schaue dich im Spiegel an und stelle fest, was an deinem Aussehen schön, gut oder einigermaßen ist. Dann suche die wirklich häßlichen Stellen. Mache eine dreispaltige Tabelle und schreibe links die schönen Seiten deines Aussehens und rechts die wirklich häßlichen Seiten auf. Vergleiche die beiden Spalten. Wie viele noch gute Punkte und wie viele häßliche Stellen hast du gefunden? Schaue noch einmal genau in den Spiegel und frage dich, ob die zu den häßlichen Stellen gezählten Punkte es auch wirklich sind. Vielleicht kann man einige davon als Mittelding bezeichnen. Diese schreibe in die mittlere Spalte. Nun konzentriere deine Aufmerksamkeit nur noch ganz auf die schönen und schöneren Stellen und versuche, sie durch Kleidung, Frisur, Haltung, Lächeln günstig herauszustellen. Ignoriere einfach alles, was du an dir unschön findest.

Bild: Du siehst dich im Kreise von Menschen, die dir Komplimente über dein Aussehen machen. Dabei stelle dir die Dinge vor, die du an dir gut findest und die du mit Eifer noch verbessert und betont hast. Die Menschen, Angehörige, Freunde und Bekannte loben dein Aussehen, deine Gesamterscheinung, weil du dich so *herausgemacht* hast. Du bedankst dich und bist glücklich.

Suggestion: Ich sehe gut aus. Ich wirke auf meine Menschen angenehm. Ich bin mit meinem Aussehen zufrieden.

Du bist zu dick

Das ist aber kein Rezept für Magersüchtige, die durch Mentaltraining noch dünner werden wollen. Magersucht ist eine Krankheit, und wenn ein Dünner noch dünner werden will, so wird das Unterbewußtsein nicht reagieren, denn es weiß ja, daß du schon dünn bist und würde eine Schlankheitssuggestion völlig ignorieren. Dein Unterbewußtsein will immer nur das Beste für dich, Gesundheit und Glücklichsein.
Im übrigen kann über das Mentaltraining zur Eßstörung Magersucht in dem Kapitel *Gesundheitliche Störungen* nachgelesen werden.

Bild: Du siehst dich als schlanke Person mit deiner Traumfigur, mit deinem Idealgewicht. Du siehst dich überall so, im Garten, im Bikini, im Schwimmbad, am Strand, in engen Hosen auf der Straße. Du bewegst dich wie ein Schlanker, bist flott, läufst, spielst, hebst einen Ball auf und so weiter. Du steigst auf eure Waage, und sie zeigt das Gewicht, das für dich wünschenswert ist, an (dieses Gewicht muß du mit deinem Arzt und deinen Eltern besprechen und festlegen). Du stehst also auf der Waage als schlanke Person und siehst im Sichtfenster der Waage deutlich die Zahl deines Idealgewichtes, und du freust dich. Eltern und Freunde sagen zu dir: „Oh, wie bist du jetzt schlank", und sie gratulieren dir.

Suggestion: Ich bin schlank. Essen ist gleichgültig. Ich wiege ... Kilo. Ich esse nur soviel, wie mein Körper wirklich braucht. Mein Appetit ist weg, denn essen ist von jetzt an völlig gleichgültig.

Du bist zu dünn

Bild: Du siehst dich als Person mit deiner Idealfigur. Du tanzt, spielst und vieles mehr. Du stehst auf der Waage und siehst im kleinen Zahlensichtfenster das Gewicht, das du dir wünschst. Du siehst es ganz deutlich und freust dich darüber. Eltern und Freunde beglückwünschen dich zu deiner guten, wohlproportionierten Figur.

Suggestion: Ich habe eine gute Figur. Ich bin gesund. Ich esse soviel, wie mein Körper braucht.

11

Gesundheitliche Störungen

Selbst an sich arbeiten

Wie schon erwähnt, kann man auch gesundheitliche Störungen mit seelischen Ursachen – und die meisten Krankheiten haben seelische Ursachen – durch Mentaltraining beseitigen oder bessern. Bevor du beginnst, mental zu arbeiten, suche einen Arzt auf, der die genaue Diagnose stellt, das heißt, der feststellt, worunter du leidest. Er wird dir Medikamente verschreiben, die du natürlich auch nach Vorschrift einnehmen mußt. Doch zugleich beginne, deine Störung auch durch Mentaltraining positiv zu beeinflussen oder sogar ganz zu beseitigen. Es kommt hierbei auch auf dein Durchhaltevermögen an. Arbeite so lange, bis der Erfolg spürbar vorhanden ist. Also höre nicht eher auf, sonst war die ganze Mühe umsonst. Wenn du erst einige Erfahrungen gesammelt hast und festgestellt hast, wie gut das funktioniert, hast du für dein ganzes späteres Leben den großen Vorteil, zur Erhaltung deiner Gesundheit beizutragen und bei schwerer Krankheit die Bemühungen der Ärzte wirksam unterstützen zu können.

Schlechte Verdauung

Bild: Stelle dir deinen zweiten Darmabschnitt, den Dickdarm, vor, wie er sich bewegt, um die Nahrungsreste hinauszutransportieren und wie dann auch tatsächlich am Endc cine Menge herauskommt (wenn du dir den Dickkarm nicht vorstellen kannst, schau in dein Biologiebuch oder in das Gesundheitsbuch deiner Mutter. Du findest dort den Menschen abgebildet mit allen inneren Organen. Präge dir den Verdauungsapparat genauer ein).

	Setze deinen Vorstellungsfilm fort: du gehst jeden Tag zur selben Zeit auf die Toilette und verrichtest dein großes Geschäft (wähle die für dich günstigste Zeit, zum Beispiel nach einer bestimmten Mahlzeit, weil dann auch immer eine Toilette in der Nähe ist). Du siehst deutlich einen ansehnlichen Haufen in dem Toilettenbecken, den du zufrieden hinunterspülst.
Suggestion:	Ich bin gesund. Meine Verdauung ist gesund. Mein Darm arbeitet aktiv und einwandfrei. Alle unbrauchbaren Abfallstoffe werden täglich ganz normal heraustransportiert und ausgeschieden.

Bauchschmerzen

Bauchschmerzen können viele Ursachen haben, denn im Bauch stecken viele Organe. Gehe zunächst zum Arzt, damit du weißt, woher die Schmerzen kommen, also welches Organ daran beteiligt ist. Aber gerade für Bauchschmerzen finden die Ärzte oft keinen Grund im organischen Bereich, weil hier sehr häufig seelische Gründe vorliegen. Laß dich nicht entmutigen. Versuche, deine Bauchschmerzen zu beheben.
Zunächst lege deine Hand ganz lose auf deinen Bauch und spüre die angenehme Wärme, die durch die Hand ausgestrahlt wird.

Bild:	Stelle dir eine Wärmeströmung oder eine Wärmewolke vor, die sich in deinem gesamten Bauch ausbereitet. Schicke einen vorgestellten Lichtstrahl in deinen Bauch, der ihn von innen her ganz hell erstrahlen läßt. Nun stelle dir vor, du sitzt selbst in deinem Bauch (bei Magenbeschwerden im Magen, bei Leberbeschwerden vor der Leber etc.) und betrachtest ihn von innen, und überall siehst du nur gesundes und glattes Gewebe, und du freust dich, daß alles in Ordnung ist.
Suggestion:	Wärme durchströmt meinen Bauch (eventuell Magen, Darm, meine Leber, Bauchspeicheldrüse, Milz etc.). Alles ist gesund und arbeitet einwandfrei.

Plötzlich auftretende Krämpfe, Schmerzen oder Verkrampfungen im gesamten Bauchbereich

Hier handelt es sich um keine Krankheit, sondern um plötzliche, aus irgendeinem seelischen Grunde auftretende Schmerzen, die einem den Rest des Tages völlig verderben können. Ursachen können sein: Aufregung, plötzliches Erschrecken und vieles mehr. Hier ein absolut wirksames Rezept: Lege dich auf den Bauch, der Kopf liegt mit dem Gesicht zur linken Seite abgewandt. Der rechte Arm wird locker angewinkelt und ruht an der rechten Kopfseite entlang mit dem Unterarm über dem Kopf. Der linke Arm liegt mit dem Handrücken nach unten in Richtung Taille oder Hüfte gewendet. Das linke Bein ist etwas angewinkelt und locker. Das rechte Bein ist gestreckt, ebenfalls locker. Nun entspanne dich völlig und bleibe ganz locker und gelöst liegen, bis alle Schmerzen völlig verschwunden sind. Das geht dann sehr schnell. Mehr als zehn Minuten wirst du nie brauchen.

Kopfschmerzen

Zunächst gehe zum Arzt und lasse, wenn es geht, die Ursache dieser Störung feststellen. Dann unterstütze die ärztlichen Bemühungen durch Mentaltraining.
Lege deine Hand ganz lose und zart auf die schmerzende Stelle. Wenn der Kopf schmerzt, dann lege beide Hände darauf. Sende mit deiner Vorstellungskraft kühle und helle Strahlen aus den Händen in den Kopf hinein.

Bild: Du siehst deinen Kopf von innen, denn du stehst als ganz kleine Gestalt in deinem eigenen Kopf und schaust dir alles an. Du siehst dein Gehirn, wie es mit schöner weißlicher Farbe glänzend daliegt. Du schaust in die Blutadern und siehst, wie das Blut gesund und gleichmäßig ist und einwandfrei funktioniert.

Suggestion: Mein Kopf ist frei und leicht. Alles ist locker und gelöst. Mein Kopf ist gesund und schön durchblutet.

Abb. 3: Entspannung bei Krämpfen und Schmerzen

Schlafstörungen

Oft genügt es schon, wenn du zur Schlafenszeit, wenn du im Bett liegst, die Entspannungsübung machst, wobei du dir vorstellst, daß du friedlich auf einer schönen Wiese liegst. Dann kommen deine Gedanken ganz von allein zur Ruhe.
Ist die Schlafstörung hartnäckiger, so arbeite daran. Zunächst versuche, die Ursache zu finden. Ist es allgemeiner Mißerfolg, Nervosität, Grübelei, oder sind es störende Geräusche? Wenn du eine von den genannten Ursachen findest, ist es schon recht hilfreich, dann kannst du das eine oder andere abstellen. Solltest du keine Ursache finden, so beginne, die unerklärliche Schlaflosigkeit durch Mentaltraining abzustellen.
In erster Linie vermeide es, vor dem Schlafengehen einen Krimi oder aufregenden Film im Fernsehen oder im Kino anzusehen, we-

nigstens so lange, bis du deine Störung völlig beseitigt hast.
Gehe nie mit der Furcht zu Bett, daß du wieder nicht einschlafen kannst und denke nie an den nächsten Morgen und daran, wie müde und unkonzentriert du wieder sein wirst. Das sind negative Suggestionen, und weil dein Unterbewußtsein diese als deinen Wunsch ansehen muß, wird das auch eintreten und dir den Schlaf völlig rauben.
Denke lieber: *Wenn ich nicht einschlafe, so macht es nichts. Ich liege ja bequem und ruhe mich aus, und ich kann mir etwas Schönes vorstellen.* Dann denke noch an das beruhigende Bild von einer herrlichen Blumenwiese mit Badeteich, an dem du liegst und dich sonnst.

Bild: Eine herrliche Wiese im Sonnenschein mit Schmetterlingen und Vogelgezwitscher. Du liegst glücklich und entspannt da und genießt dieses schöne Bild.

Suggestion: Ich bin ruhig und gelassen. Ich schlafe immer gleich ein, wenn ich es nötig habe. Der Schlaf kommt ganz von allein, weil ich so müde bin. Ich bin müde, müde, müde. Ich schlafe ein.

Pickel

Fast alles, was hier zu dem Kapitel *Gesundheitsstörungen* geschrieben wird, ist von mir selbst oder von Kindern mit Erfolg ausprobiert worden. Allerdings waren Pickel nicht dabei, da niemand von meinen jungen Schülern darunter litt. Aber was bei schwerwiegenden Störungen funktioniert, muß auch hier helfen können. Pickel sind ja eine unter Jugendlichen weitverbreitete Störung, die ihnen sehr zu schaffen machen kann.

Bild: Du siehst dich mit glatter, schöner Haut. Freunde begrüßen dich und machen dir wegen deiner glatten Haut Komplimente, zum Beispiel: „Was hast du für eine schöne, gesunde Haut." Schau in deinen Körper hinein und stelle dir vor, wie das Blut Abwehrstoffe, die du dir in Form von lieben, aber gefräßigen Tierchen vorstellst, in die Haut hineinträgt.

Diese gefräßigen Tierchen schlucken alles Unreine und tragen es aus dem Körper heraus, wo sie es ausscheiden.

Suggestion: Meine Gesichtshaut (Rücken-, Nacken-, Arm-, Bein) ist ganz normal und gesund, glatt und rein. Alle krankheitserregenden Stoffe werden bekämpft, herausgetragen und ausgeschieden. Die Haut ist gut durchblutet.

Magersucht

Die Magersucht ist eine seelisch bedingte, in der Pubertät auftretende Eßstörung. Sie tritt vorwiegend bei Mädchen auf. Die Ursache dieser Störung ist eine unbewußte Weigerung des jungen Menschen, erwachsen zu werden. Betroffen sind meistens junge Mädchen, die sich innerlich und unbewußt weigern, eine Frau zu werden mit all ihren Aufgaben und Pflichten in Gesellschaft und Familie. Sie finden, daß es zu schwierig ist, als Frau durchs Leben gehen zu müssen. Sie sehen, meist am Vater oder Bruder, daß es der Mann viel leichter hat, denn er ist kräftiger und kann sich besser durchsetzen und auch körperlich verteidigen. Der Mann hat mehr Chancen und kann sich in der Gesellschaft auch freier bewegen.
Eine Frau ist körperlich ziemlich wehrlos.
Manchmal erkennt das junge Mädchen in der Mutter die von ihm abgelehnten Verhaltensweisen wie Unselbständigkeit, mangelnde Durchsetzungsfähigkeit gegenüber dem Vater, Unterdrücktwerden, und es kommt daher auch zur Ablehnung der Mutter.
Ärztliche Behandlung dieser Krankheit ist unerläßlich, denn in schlimmen Fällen ist sogar das Leben bedroht. Doch neben der intensiven ärztlichen Behandlung kann das Mentaltraining zu gutem Erfolg führen.

Bild: Du siehst dich in deinem Traumberuf arbeiten. Du bist attraktiv und erfolgreich in höherer Position. Du hast auch über Männer zu bestimmen. Du bist selbstbewußt und hast ein sicheres Auftreten. Du fühlst dich völlig unabhängig von der gesellschaftlichen Meinung über das, was Frauen *dürfen.* Du siehst dich allein in einer teuren Bar, im Theater oder ähnlichem. Männer verehren dich, laß sie in deiner Vorstellung deutlich vor dir knien und dich anhimmeln. Und du erlebst das Gefühl, daß es schön ist, solch eine Frau zu sein, ganz deutlich.

Suggestion: Es ist schön, eine Frau zu sein. Ich bin als Frau frei und unabhängig und kann tun, was mir Spaß macht. Ich habe einen gesunden Körper und eine gute Figur. Ich esse, was mein Körper braucht.

Ständige Freßsucht und Freßattacken mit nachfolgendem Erbrechen

An beiden Störungen kann auf gleiche Weise gearbeitet werden, denn das Erbrechen ist ja nur die Folge einer Freßattacke. Und wenn es solche Anfälle nicht mehr gibt, wird auch nicht mehr erbrochen.

Bild: Du stehst vor einem großen, leckeren kalten Büfett mit deinen Lieblingsspeisen. Du nimmst aber nichts und gehst gleichgültig weg zu deiner Lieblingsbeschäftigung, wie z. B. Computern, Gitarrespielen und Lesen.
Du sitzt an einem Tisch. Darauf steht ein voller Teller mit schönem Essen. Du schiebst ihn gleichgültig beiseite und beschäftigst dich mit einer schönen Sache, die dir Spaß macht.
Du stehst als schlanke Person auf einer Waage. Du treibst als schlanke Person Sport.

Suggestion: *Essen ist gleichgültig. Ich esse nur so viel, wie mein Körper braucht. Ich spüre deutlich ein normales Sättigungsgefühl. Ich habe eine gute schlanke Figur. Ich bin gesund.*

Menstruationsbeschwerden

Bei diesen Beschwerden machst du deine Übungen am besten in liegender Position. Für akut auftretende Bauchschmerzen oder

Bauchkrämpfe ist die bereits beschriebene Übung für Bauchschmerzen und Krämpfe sehr zu empfehlen.

Bild: Du befindest dich in deinem Unterleib und schaust dir alles an und siehst, daß alles einwandfrei und locker ist und gut funktioniert. Du siehst den Innenraum deiner Gebärmutter in gesunder, gut durchbluteter, kräftig rosaroter Farbe. Du siehst das Blut gesund und gleichmäßig durch die Adern der Gebärmutter fließen. Du siehst die elastischen, ganz entspannten Bewegungen aller Muskeln, wenn der Körper sich bewegt.
Lege deine Hand lose und zart auf deinen Unterleib und sieh deutlich, wie Wärme und Kraft sichtbar in deinen Leib hineinströmen.

Suggestion: Wärme durchströmt meinen Unterleib. Er ist frei und leicht, locker und gelöst. Ich bin ganz gelöst. Ich bin ganz locker und gelöst.

Du bist verkrampft und möchtest lockerer sein

Bild: Du bewegst dich frei und leicht und gelöst lächelnd im Kreise von Verwandten, Freunden und auch Fremden. Alle beachten dich. Du spürst Selbstbewußtsein.
Stelle dir dieses Bild in verschiedenen Variationen vor.

Suggestion: Ich bin frei, locker und gelöst. Ich werde so akzeptiert, wie ich bin. Ich bewege mich überall locker und gelöst. Ich bin immer ruhig und gelassen.

Stottern

Die meisten Stotterer haben persönliche Probleme. Diese können ihre Störung sogleich mit Mentaltraining aus der Welt schaffen. Sie brauchen ihre persönlichen Probleme gar nicht zu lösen. Das ist ja auch in den meisten Fällen nicht so schnell möglich. Dennoch können sie ihr Stotterproblem sofort in Angriff nehmen und ohne jegliche fremde Hilfe zu fließendem Sprechen gelangen. Ich gehe davon aus, daß ein betroffener Stotterer schon einen Spezialisten aufgesucht hat, um feststellen zu lassen, ob seine Störung eine organische Ursache hat.

Ist eine solche auszuschließen, ist das Mentaltraining bestens geeignet, sofort und nachhaltig Abhilfe zu schaffen.

Bild 1: Ihr habt Leute eingeladen und sitzt alle im Wohnzimmer. Du sitzt zwischen einem deiner Lehrer und eurem Pastor. Der Lehrer spricht dich an und fragt, wie es in der Schule geht. Du antwortest ruhig und völlig störungsfrei. Denke dir dazu einige Sätze aus. Achte darauf, daß du langsam, ruhig und fließend sprichst.

Bild 2: Du bist von deiner Schule abgeordnet, um an einer Ratssitzung deines Wohnortes teilzunehmen. Du sollst dort die Interessen deiner Schule vertreten. Diese sind: Lehrereinstellungen, zu große Klassen, Busprobleme, Raumprobleme oder auch noch andere. Überlege dir, welches Problem du nimmst.
Jetzt siehst du dich in solch einer Ratssitzung mit all den erwachsenen Ratsherren. Der Bürgermeister fordert dich auf, dein Problem vorzubringen. Du sprichst langsam und ruhig, völlig fehlerfrei und mit fließender Sprache. Du bist fertig. Alle klatschen Beifall und rufen „bravo". Du bist glücklich über deinen Erfolg und auch darüber, daß du einwandfrei und flüssig sprechen kannst. Du hast mit deiner störungsfreien Rede einen guten Eindruck gemacht.

Suggestion: Ich spreche immer langsam, ruhig und gelassen. In jeder Situation spreche ich langsam, ruhig und gelassen. Ich weiß, daß mir Menschen jetzt gerne zuhören, weil ich langsam und deutlich spreche. Auch wenn ich zu Fremden spreche, so ist mir das gleichgültig. Mit meiner angenehmen Ruhe und Gelassenheit führe ich jedes Gespräch völlig überlegen und fehlerfrei. Jeder hört mir gerne zu. Meine

Zunge ist immer gelöst und locker und spricht jedes Wort einwandfrei und völlig ruhig und locker aus. Ganz automatisch und problemlos formt meine lockere und gelöste Zunge alles, was ich sagen will. Ich bleibe immer locker und gelöst. Und auch fremde Gesprächspartner sind für mich völlig gleichgültig. Jeden Satz spreche ich völlig ruhig und gelassen aus. Angst und Aufregung sind gleichgültig. In jeder Situation spreche ich langsam, ruhig und gelassen. Meine Zunge ist immer locker und gelöst und spricht alles mühelos und problemlos aus.

12

Allergien

Es gibt zu viele Allergien, und es werden immer mehr, so daß hier nicht auf alle einzelnen eingegangen werden kann.
Aber grundsätzlich kann man sagen, daß Allergien aufgrund gewisser Schwächen entstehen. Diese Schwächen liegen in erster Linie im Immunsystem eines Körpers. Es ist ja offensichtlich, daß alle Menschen grundsätzlich den gleichen Umweltbelastungen ausgesetzt sind, aber nicht alle erkranken an Allergien. Heute weiß man, daß all die Allergien sich ausbreiten können, weil viele Menschen den Gift-Streß auf unserer heutigen Erde nicht mehr verkraften. Andere verkraften das und bleiben gesund. Das Mentaltraining für Allergien richtet sich an diejenigen, die davon betroffen sind und denen von ärztlicher Seite nicht geholfen werden kann. Das Mentaltraining gibt ihnen die Möglichkeit, ihre eigenen inneren Kräfte zu mobilisieren. Das Mentaltraining überstülpt das Muster „Allergie" und „Empfindlichkeit" und produziert ein neues Muster, nämlich „Allergie gleichgültig, ich vertrage alles" etc. Und es funktioniert. An dieser Stelle lies noch einmal S. 27 Nadine und S. 29 Thea.

Heuschnupfen

Bild: Du liegst im Heuhaufen auf einer Wiese und bist gesund und glücklich. Bienen summen, Schmetterlinge fliegen. Du riechst den Duft des Heus und findest ihn wunderbar. Du siehst dein Naseninneres deutlich vor dir. Die Nasenschleimhäute sind von gesunder zartrosa Farbe und gut durchblutet. Sie sind schön dünn, also nicht geschwollen.

Suggestion: Meine Nase ist kühl und frei. Die Atmung geht leicht und frei. Die Schleimhäute sind gesund. Äußere Reize sind für meine Atmung gleichgültig. Pollen sind gleichgültig. Ich bin gesund.

Für andere Allergien stelle dir selbst Bilder und Suggestionen zusammen.

Asthma

Asthma kann verschiedene Ursachen haben. Nur ein Arzt kann feststellen, welcher Art es ist. Ob es nun organische oder seelische Ursachen hat, das soll dich nicht interessieren. Du stufst deine Krankheit ganz einfach als eine ganz normale Störung ein, die man durch Mentaltraining loswerden kann und betreibst unbeirrt deine Übung. Selbstverständlich muß ein Asthmatiker seine vom Arzt vorgeschriebenen Medikamente vorschriftsmäßig einnehmen. Er darf sie erst reduzieren oder absetzen, wenn er merkt, daß das Mentaltraining ihm wirklich geholfen hat und wenn er das mit seinem Arzt besprochen hat.
Das Bronchialasthma gilt heutzutage bei Kindern und Jugendlichen als weitverbreitete Störung des Atmungsapparates. Deshalb ist mein Beispiel in diesem Buch auf diese ausgerichtet.
Es gibt ja noch die Störung des sogenannten Herzasthmas, was weniger weit verbreitet ist. Aber ich denke, daß auch ein Herzasthmapatient seine Krankheit durch Mentaltraining günstig beeinflussen kann. Er muß das von mir vorgegebene Mentaltraining für Bronchialasthma nur auf seine Herzsituation umarbeiten.

Bronchialasthma

Beim Krankheitsbild des Bronchialasthmas verkrampfen sich die Muskeln in der Lunge, speziell in den Bronchien. Das sind natürlich winzig kleine Muskeln, die aber für die Reinigungstätigkeit in den Bronchien eine sehr wichtige Rolle spielen. Schau in deinem Biobuch nach, wie diese Bronchien aussehen. Ist da nichts zu sehen, so frage unbedingt deinen Biolehrer und laß dir alles genau erklären.
Du wirst erfahren, daß an den Bronchienwänden die Flimmerhärchen sitzen, die alle Absonderungen, z. B. Schleim, der als Schmierflüssigkeit wichtig ist, aus den Bronchien und aus der Lunge herausbefördern. Jedes Flimmerhärchen besitzt einen winzig kleinen Muskel, der seine Bewegung ermöglicht.

Wenn die Muskeln der Bronchien mitsamt den Flimmerhärchen sich verkrampfen und infolgedessen die Bronchien verengen, wird ihre so lebenswichtige Arbeit sehr stark behindert. Der Schleim bleibt einfach sitzen und verdickt sich. Es tritt Atemnot ein, weil die Bronchien nichts mehr herausbringen. Das ist dann ein Asthmaanfall. Er kommt aus heiterem Himmel und ist unberechenbar. Das Ziel des Mentaltrainings ist es zu verhindern, daß es überhaupt zu solchen Muskelverkrampfungen kommt. Die Lunge und all ihre Teile sollen immer locker, gelöst und entspannt sein, eben gesund, wie bei jedem anderen gesunden Menschen auch. Du wirst dieses Ziel erreichen, wenn du konsequent bist und täglich übst.

Bild: Versetze dich in deine Lunge. Du schaust in deine Bronchien (hoffentlich hat dein Biolehrer dir alles gut erklärt und evtl. aufgemalt). Du siehst deine Bronchien in einem absolut sauberen, normal feuchten und durchlässigen Zustand. Sie sind locker und entspannt. An den Wänden deiner Bronchien siehst du winzig kleine Härchen. Das sind die Flimmerhärchen. Sie sind ebenfalls ganz locker und entspannt. Sie bewegen sich in gleichmäßigem Rhythmus und schleusen ununterbrochen den leichten dünnen Schleim weiter bis in die Luftröhre hinauf. Von dort wird er durch Husten oder Räuspern hinausgeschleudert.

Du hast das Gefühl absoluter Gesundheit.

Suggestion: Mein Atem strömt immer frei und leicht. Meine Atmung geht ganz von selbst. Meine Bronchien bleiben immer ganz locker und gelöst. Die Flimmerhärchen in meinen Bronchien tun immer ganz gelöst und locker ihre Arbeit. Sie transportieren ununterbrochen und völlig entspannt und normal allen Schleim aus meiner Lunge und bringen ihn leicht und weich bis zum Ausgang, zur Luftröhre. Dort huste oder räuspere ich alles heraus.

Meine Lunge arbeitet einwandfrei, und alles in meiner Lunge ist ganz gelöst und locker. In jeder Situation bleiben meine Bronchien ganz gelöst und locker. Ich bin völlig gesund. Alle äußeren Einflüsse sind mir gleichgültig. Auch Aufregung und Ärger sind mir von jetzt ab völlig gleichgültig. Ich bleibe immer ruhig und gelassen. In jeder Situation bleibe ich ruhig gelassen. In jeder Situation atme ich frei und leicht. In jeder Situation bleiben meine Bronchien ganz locker und gelöst, und ich atme immer frei und leicht.

Bronchialasthma durch sogenannte Allergene

Verkrampfungen der Bronchien, die zu Asthmaanfällen führen, können auch durch irgendwelche Allergene (unverträgliche Stoffe) ausgelöst werden. Eine meiner Schülerinnen bekam einen derartigen Anfall, wenn sie Fischgeruch wahrnahm. Sie brauchte den Fisch gar nicht erst zu essen. Als es in der Jugendherberge, in der wir uns während einer Klassenfahrt aufhielten, am Freitag Fisch gab, mußte sie sich bei den ersten Anzeichen eines Fischgeruches sofort von der Jugendherberge entfernen, um sich vor einem Asthmaanfall zu schützen.

An dieser Stelle muß unbedingt auch von der sogenannten Konditionierung (Prägung) gesprochen werden. Das heißt „Ich weiß schon. Wenn ich Fisch rieche, bekomme ich einen Asthmaanfall". Diese Konditionierung funktioniert immer, denn sie ist im Unterbewußtsein tief verankert, aufgrund von Erfahrungen. Und der Mensch kann sich mit seinem vernünftigen Bewußtsein und Verstand nicht dagegen wehren, weil das Unterbewußtsein viel mächtiger ist. Es löst die Reaktionen aus, und das Bewußtsein bleibt machtlos. Der Körper, das Organ Lunge gehorcht dem Unterbewußtsein blind. Und mit dem Bewußtsein „darf" der Kranke dann das furchtbare Leiden, die Erstickungsnot, die Angst, „genießen".

Aber das Unterbewußtsein hat die Rechnung ohne das Mentaltraining gemacht. Das bedeutet, daß das Bewußtsein das Unterbewußtsein austricksen kann.

Auf die Konditionierung auf Allergene, also auf das alte Bronchien-Allergen-Krampf-Verhaltensmuster muß ein völlig neues aufgestülpt werden. Dieses neue Muster hat zum Inhalt: „Fisch und Fischgeruch sind mir völlig gleichgültig. Meine Bronchien bleiben

immer locker und gelöst. In jeder Situation atme ich frei und leicht. Ich bin völlig gesund" etc.
Lies an dieser Stelle noch einmal das Kapitel „Bewußtsein und Unterbewußtsein", damit du alle Zusammenhänge bestens verstehst. Du mußt überzeugt sein, daß du deine Krankheit tatsächlich beseitigen kannst. Mit Verstehen und Einsicht ist man bestens motiviert. Ich erinnere hier noch einmal an den Erfolgsbericht von Nadine auf der Seite 27.
Wenn jemand an Bronchialasthma auf Grund irgendwelcher Allergene leiden sollte, so muß er das von mir für das allgemeine Bronchialasthma vorgeschlagene Mentaltraining für seine spezielle Situation umarbeiten. Setze vor das von mir vorgeschlagene Bild eine Situation, in der du mit dem Allergen konfrontiert bist, und versuche dieses Bild auch festzuhalten, während du dir das vorgeschlagene Bild vorstellst.
In die Textsuggestion fügst du dein Allergen ein, z. B. „wenn ich Fisch sehe, rieche, esse, bleibt mein Atem frei und leicht, meine Bronchien bleiben immer locker und gelöst" etc.
Das Mentaltraining für dieses schlimme Leiden muß gründlich überlegt und ganz gezielt ausgearbeitet werden. Wer unsicher ist, wende sich bitte an mich. Ich helfe gern.

13

Noch zwei wichtige Probleme

Sportlicher Erfolg

Das, was ich dir hier zugänglich mache, haben große Sportler und Olympiasieger längst erprobt und angewandt. Man kann das als sportliches Training auf geistiger Ebene bezeichnen. Denn der Mensch ist eine Ganzheit, Geist, Seele und Körper müssen zusammenwirken, wenn der Mensch hohe Leistungen und Höchstleistungen vollbringen will. Und um so mehr wird dieses Ideal verwirklicht und das hohe Ziel erreicht, wenn der Mensch alle seine Kräfte bewußt und mit Vernunft einsetzt. Das bedarf freilich der Übung. Man muß den Geist genau so trainieren wie den Körper, damit dann beide mit vereinten Kräften dem Ziel zustreben können. Große Erfolge müssen erarbeitet werden. Und wer in der Lage ist, auch seine geistigen Kräfte für seine sportlichen Ziele einzusetzen, der ist der wahrhaft Begünstigte und kann berechtigte Hoffnung auf große Erfolge haben.

Jede Sportart hat ihre eigene Technik. Auf einzelne Sportarten kann hier nicht eingegangen werden. Aber wenn du weißt, wie man Mentaltraining macht, kannst du jederzeit und mit Leichtigkeit diese Technik auf deine spezielle Sportart übertragen.

Als Beispiel wird hier das Tischtennisspielen vorgestellt, wie es sehr viele Kinder und Jugendliche, Jungen wie Mädchen, betreiben.

Zunächst beobachte gute Tischtennisspieler und merke dir die Situationen, die du als schwierig bezeichnen kannst. Bei weiteren Beobachtungen versuche herauszufinden, wie dieser gute Tischtennisspieler diese schwierigen oder ähnlichen Situationen zu seinem Vorteil gemeistert hat. Wie hat er den Schläger gehalten, wie hat er gestanden, wie war seine Position zum Ball und so weiter? Als versiertem Tischtennisspieler stellen sich dir noch viel mehr Fragen,

und du machst noch viel mehr wichtige Beobachtungen, die du dann für dich vorteilhaft verwerten kannst. Die besonders guten Angaben, Schläge, Schlägerhandhabungen mache zu deinem geistigen Eigentum.
Und nun kommt die eigentliche Arbeit, nun kommt das Wichtigste: Übe in Gedanken alles, was du nachahmenswert empfunden hast. Übe so lange, bis alles so fest in deinem Unterbewußtsein verankert ist, daß du es auch in deiner Praxis anwenden kannst.
Übe zunächst intensiv mit geschlossenen Augen, später wird es auch mit offenen Augen gehen. Dann kannst du auch in Gesellschaft anderer üben, wenn du dich einmal langweilen solltest.
Dann mußt du nur noch die Schnelligkeit in der Anwendung üben, mental und praktisch.
Und weil Lampenfieber bei Tennisturnieren für den Erfolg schädlich sein kann und auch die Konzentration beeinträchtigen kann, suggeriere dir zusätzlich Überlegenheit und Gelassenheit. Du wirst erfolgreich sein.
Für den nicht so ehrgeizigen Tischtennisspieler gilt im Prinzip das gleiche. Nun ist es sehr viel verlangt, von einem Wochenend- und Ferienhobbyspieler zu verlangen, daß er sich stundenlang Turniere im Fernsehen oder in der Sporthalle anschaut. Denn ihn interessiert ja eigentlich nur das eigene Spiel, das er allerdings gegen Freunde, Geschwister, Eltern oder Vereinskameraden gewinnen möchte. Denn ein wenig Ehrgeiz hat man ja doch und möchte es den anderen mal zeigen. Also mit dem Mentaltraining schaffst du es.

Bild: Du spielst Tischtennis wie dein Idol. Du wiederholst immer wieder die gleichen Schläge, zunächst langsam im Zeitlupentempo, dann immer schneller bis zum normalen Tempo. Du siehst, wie der Ball auf dich zukommt, und du schlägst ihn treffsicher zurück. Beobachte dich beim Spielen genau, schaue zu, wie du alles richtig machst und jeden Ball reaktionsschnell triffst. Stelle dir genau vor, daß du immer richtig reagierst.
Als echter Tischtennisspieler kannst du dir ja auch genau die kniffligen Spielsituationen vorstellen und auch, wie du sie meisterst.

Suggestion: Ich bin locker und gelöst. Ich bin jeder Situation gewachsen. Ich reagiere immer richtig und schnell. Ich bin ruhig und gelassen.

Dieses hier aufgeführte Beispiel läßt sich als Prinzip auf jede andere Sportart mit ihren eigenen Bewegungsabläufe übertragen. Du mußt nun die typischen und optimalen Bewegungsabläufen an deinen Vorbildern genau studieren. Zerlege sie, wenn es sein muß, in alle einzelnen Bewegungen und laß sie in deiner Vorstellung ganz langsam und genauestens ablaufen. Wenn du jede einzelne Bewegung im Geist beherrschst, füge sie alle zu dem richtigen Bewegungsablauf zusammen und übe mental. Übe ihn so intensiv, daß du ihn in- und auswendig weißt, wie man in der Umgangssprache so treffend sagt. „In- und auswendig muß man eine Sache beherrschen, mit Körper und Geist."
Dann gehe daran, dich im Geiste zu sehen, wie du die geübten Bewegungsabläufe in immer größerem Tempo, zuletzt blitzschnell, ausführst. Wenn du das alles geistig beherrschst, zeige deine Fortschritte oder deine auf diese Weise gewonnene Vollendung im praktischen Kampf. Bevorzugst du eine Sportart, die ohne eine zweite Person, also ohne einen direkten Gegner, ausgeübt wird, so verfährst du zunächst in der gleichen Weise, siehst dir zum Beispiel die Lauftechnik eines sehr guten Läufers an, stellst Einzelheiten fest, nimmst sie geistig auf und übst sie in deiner Vorstellung. Wenn sie sitzt, also ein richtiges geistiges Eigentum geworden ist, wende sie an. Du wirst verblüfft sein, wie erfolgreich du bist.
Du kannst also die körperlichen Abläufe beim Sport durch Geist und durch das Unterbewußtsein günstig beeinflussen und große Vorteile dadurch erlangen.

Du bist ein Pechvogel

Ein Pechvogel ist an seinem Schicksal selber schuld. Er zieht das Pech auf sich, indem er es geradezu erwartet. Seine meist gedachten und gesprochenen Sätze sind „es muß ja schiefgehen", „es wird schiefgehen", „mir geht alles schief". Wer sich das ständig suggeriert und auch noch bildlich vorstellt, der prägt sein Unterbewußt-

sein auf Pech und Mißerfolg, und das hat er dann auch garantiert. Und das ist sein Problem. Der sogenannte Pechvogel ist auf „negativ" programmiert, auf „Versagen", auf „Prügelknabe", auf „Mißerfolg".
Also beginne sofort, dein Unterbewußtsein dahingehend zu beeinflussen, daß du in Zukunft das Glück anziehst. Laß keinen Gedanken des Mißerfolgs oder des Versagens mehr in dir aufkommen. Denke nur an Erfolg und freue dich jetzt schon darauf. Sollte dir aber trotzdem doch noch ab und zu der erwartete Erfolg versagt bleiben, weil du nicht konsequent daran gearbeitet hast oder zu wenig Zeit für die Arbeit hattest, so laß keinen Gram in dir aufkommen und auch keinen krankhaften Ehrgeiz. Das würde dich verkrampfen und verstören, und dann kann man keinen Erfolg haben. Das alles würde dir in keiner Weise helfen. Bleibe locker und optimistisch und programmiere dich konsequent auf Erfolg, so lange, bis der erste Erfolg da ist. Das wird dir Mut geben weiterzumachen.

Bild: Du springst fröhlich umher – oder, wenn dir das nicht liegt, stellst du dir eine andere schöne, glückliche Situation vor – in dem Gefühl, daß dir alles gelingt, was du für dich erreichen möchtest. Eltern und Freunde beglückwünschen dich zu einem bestimmten Erfolg, den du dir selbst ausdenken mußt. Zum Schluß danke für deinen Erfolg. Danke deinem inneren Helfer.

Suggestion: Ich bin erfolgreich. Mir gelingt alles, was ich anpacke. Ich freue mich, daß ich erkennen durfte, daß ich einen freien Willen habe, mit dem ich selbst mein Leben gestalte.

Nun arbeite täglich, wenn möglich, bis zu dreimal mit diesem Bild und dieser Suggestion bis zum Erfolg. Du wirst staunen, wie sicher du werden wirst, daß das Glück dich von jetzt an begleitet, und es wird bei dir bleiben. Dein erster, vielleicht auch nur kleiner Erfolg wird dich anspornen, mehr und mehr von deinem Glück zu verlangen. Das Pech gehört der Vergangenheit an. Nach deinem ersten Erfolg vergiß das Danken nicht. Danke dem Glück oder der Glücksfee, die du dir ja in allen Einzelheiten vorstellen kannst. Laß sie bei

dir bleiben, treffe sie täglich in deiner Vorstellung. Frage sie ruhig auch einmal nach ihrer Meinung zu deinen Problemen und warte geduldig darauf, was sie antwortet.
Sie antwortet dir in Gedanken, wenn du einmal dein eigenes Denken abschaltest, um ihre hereinzulassen. Du kannst dir natürlich auch einen Glücksritter vorstellen oder eine ältere oder alte, weise Person.

14

Schlechte Eigenschaften in gute umwandeln

Ständige Kritik macht krank

Mit Hilfe des Mentaltrainings können auch schlechte Eigenschaften in gute umgewandelt werden. Da das Unterbewußtsein ja nur auf positive, also bejahende Suggestionen anspricht, muß man also die schlechte Eigenschaft mit einer guten in Verbindung bringen oder das Gegenteil dieser schlechten Eigenschaft suggerieren.
Schon viele Menschen, die wegen ihrer, aus welchem Grunde auch immer, vorhandenen schlechten oder unangenehmen Eigenschaften auf viel Kritik bei den Mitmenschen gestoßen sind und diese immer hilflos einstecken mußten, haben sich mit positiven Suggestionen selbst geholfen.
Ein Mitmensch, der kritikfähige Eigenschaften hat, wird dafür kritisiert. Das macht ihn nicht besser. Ganz im Gegenteil, wenn ein Kind oder Jugendlicher mit seinem Verhalten, für das es/er in den meisten Fällen gar nichts kann, weil sie das Ergebnis von Erziehungsfehlern in der frühen Kindheit oder Liebesmangel sind, überall auf Kritik und Geschimpfe, Ablehnung und Drohungen stößt, ist seine natürliche Reaktion Enttäuschung, also mehr Aggression.
Die Erwachsenen werden sich in ihrem Verhalten „bösen", „schlechten" Kindern gegenüber nicht ändern. Aber ihr, Kinder und Jugendliche, könnt nun eure Situation zum Guten hin verändern, indem ihr Mentaltraining betreibt und eure Aggressionen nach und nach abbaut. Wenn ihr dann merkt, daß man euch nun besser behandelt, euch nun ernst nimmt, euch sogar mehr Liebe schenkt, habt ihr es gar nicht mehr nötig, durch aggressives Verhalten die Aufmerksamkeit der Erwachsenen auf euch zu ziehen, damit sie sich mit euch beschäftigen sollen oder müssen, und euer Verhalten normalisiert sich, es wird ausgeglichener. Hier möchte ich zum

besseren Verständnis noch anfügen, daß aggressives Verhalten aus dem Unterbewußtsein kommt und eine Folge seelischer Verletzungen ist. Das alles ist dem Betroffenen aber nicht bewußt. Bewußt ist uns nur die Auswirkung, die Aggressionen, denn wir stoßen ja deswegen ständig auf Kritik, die uns ja nur noch unsicherer macht, unser Selbstgefühl zerstört und uns immer aggressiver macht.

Sich selbst helfen

Nun kannst du deine Aggressionen selbst in den Griff kriegen und dadurch deine Umgebung für dich gewinnen. Das sind sehr gute Aussichten für dich, nicht wahr? Beginne sofort mit der Arbeit, damit du bald den Erfolg spüren kannst.

Wutanfälle

Bild: Jemand beschimpft dich unbegründet. Du stehst ruhig und überlegen da und machst dir nichts daraus. Der andere tut dir leid, daß er ausflippt (denn du weißt ja jetzt, warum einer ausflippt, nämlich weil er Probleme hat).

Suggestion: Ich bin immer ruhig und gelassen. In jeder Situation bleibe ich ruhig und gelassen.

Aggressivität

Bild: a) Es provoziert dich jemand (denke an eine Situation, die dir passiert ist). Du bleibst freundlich und ruhig, gehst auf denjenigen zu und gibst ihm die Hand und bietest ihm deine Freundschaft an.
b) Du befindest dich in einer Situation, die dich nervt. Normalerweise würdest du aggressiv werden. Doch du wirst es nicht. Du zeigst Verständnis und bleibst freundlich.

Suggestion: In jeder Situation bleibe ich ruhig und gelassen. Ich bin zu jedem Menschen freundlich und verständnisvoll. Ich weiß ja jetzt, warum einer so reagiert.

Launenhaftigkeit

Diese Eigenschaft kann sehr negative Auswirkungen auf deine Umwelt und letztendlich für dich haben, ohne daß du es willst. Es kann dich die besten Freunde kosten, die diese schillernde Eigenschaft nicht ertragen können. Launenhaftigkeit bedeutet nämlich: „heute liebe ich dich" und „morgen hasse ich dich", um dich „morgen wieder zu lieben". Das steht keine Beziehung durch.
Auch für diese Eigenschaft kann derjenige, der sie besitzt, nichts. Doch er kann sie durch Beständigkeit und Treue ersetzen und sich dadurch viele Frustrationen ersparen. Denn er selber leidet ja wohl am meisten unter dieser die Mitmenschen so sehr nervenden Eigenschaft. Die Mitmenschen ziehen sich zurück, und er bleibt hilflos übrig. Und er weiß nicht, wie er sich ändern soll.
Aber heute weiß er es!!

Bild: Du bist mit einem Menschen zusammen, mit dem du auch immer gern zusammen bist. Du bist fröhlich, ihr beide seid fröhlich, immer nur fröhlich und nichts anderes.
Dabei kannst du die Personen, mit denen du zusammen bist, auch auswechseln. Wichtig ist, daß du beständig fröhlich bist und dich dabei nicht beirren läßt.

Suggestion: Ich bin treu und beständig. Wenn ich etwas gut finde, bleibe ich dabei. Ich bin immer ausgeglichen und gut gelaunt.

Angeberei

Ein Angeber hat Minderwertigkeitskomplexe, und er möchte mehr sein, mehr können, als es bei ihm wirklich der Fall ist. Wenn er sich anstrengen würde, um diese Leistungen, die er nur vorgibt, zu erreichen, würde er es schaffen, denn er möchte ja so sein, wie er angibt zu sein. Und wenn er es möchte, kann er es auch.
Meist ist der Angeber eine in der frühen Kindheit benachteiligte Person. Wenn er das erkennt und sich um die bis dahin nur angegebenen Eigenschaften bemüht, wird er sich auch verwirklichen können.

Der Angeber wird mit dieser unangenehmen Eigenschaft immer mehr auf berechtigte Kritik stoßen, und seine Mitmenschen werden ihn bald durchschauen und ihn letztendlich meiden. Das wiederum veranlaßt den Angeber, noch mehr aufzutrumpfen, und es gibt den sogenannten Teufelskreis. Dieses Buch soll dir helfen, aus diesem herauszukommen.

Bild: Du befindest dich auf einer Party. Niemand kümmert sich besonders um dich. Du bist sehr zufrieden. Du bist dir selbst genug. Du unterhältst dich mit Leuten in bescheidener Weise. Alle begegnen dir achtungsvoll.

Suggestion: Ich gebe nur das an, was ich wirklich bin und kann. Ich bin ehrlich, und deshalb achten mich die Menschen. Ich werde deshalb von allen geachtet.

Schulunlust und Lernunlust

Bild: Du beschäftigst dich ständig mit Schulbüchern. Du lernst und bist fröhlich dabei. Du siehst dich im Schulunterricht, wie du dich rege beteiligst und alles weißt.

Suggestion: Lernen macht Spaß. Ich kann mich an alles erinnern, was ich gelernt habe. Durch Lernen erreiche ich das berufliche Ziel, das ich mir vornehme.

Schlampigkeit

Bild: Du siehst dich selbst in deinem Zimmer. Alles ist ordentlich. Du hast Ordner für das Schriftliche und Borde für deine Bücher. Dein Kleider- und Wäscheschrank sind ordentlich eingeräumt. Du freust dich über deine Ordnung und fühlst dich wohl. Deine Mutter beglückwünscht dich zu deinem ordentlichen Zimmer. Sie freut sich sehr.

Suggestion: Ich liebe die Ordnung, denn sie erleichtert alles. Ich lege immer alles an seinen Platz. Dann erst fühle ich mich wohl. Ich genieße meine Ordnung.

15

Bedrohung und Gewalttätigkeit an Schulen

Die Bedrohung durch Gewalt ist auch an Schulen zu einem ernsten Problem geworden. Kinder und Jugendliche werden von Mitschülern geprügelt, erpreßt, überfallen und von Drogendealern massiv bedrängt. Der Gesetzgeber hat leider im Laufe der Jahre die heilsamen Möglichkeiten, die früher Schulleitern und Lehrern zur Verfügung standen, um ein friedliches Schulleben zu gewährleisten, abgeschaffen. Außerdem sind die Schulen riesig und die Anonymität ist groß. Selbstschutz ist die einzige Möglichkeit.
Es werden hier zwei verschiedene Arten des Selbstschutzes durch Mentaltraining angeboten. Jede der beiden eignet sich für eine bestimmte Art des Schutzes. Du wirst selbst herausfinden, welche du brauchst. Eventuell wirst du sogar beide Arten erarbeiten müssen. Ich selbst habe mir beide Arten angeeignet, und es funktioniert hervorragend.

1. Bereits stattfindende Bedrohung abstellen

Stelle dir zunächst eine Person vor, die dich bedroht. Wenn dir das Bild gut gelungen ist, beginne mit der Entspannung und fahre dann mit dem Mentaltraining, d.h. Bildvorstellung, Suggestion und Rückkehr in den Normalzustand, fort.
Häufig ist es nicht nur eine einzelne Person, die dich bedroht. Es kann eine Bande aus drei oder vier Personen sein. In diesem Falle muß du dir jede Person einzeln vornehmen. Beginne mit dem Bandenchef, und fahre dann so fort, daß du der Reihe nach die Gang-

ster in ihrer Wichtigkeit, wie sie dir erscheinen, bearbeitest.
Wenn du das Mentaltraining konsequent durchführst, wirst du Erfolg haben und dich vor deinen Peinigern sicher fühlen.
Vergiß nicht, den „Tip" Mentaltraining an andere ehemalige Leidensgenossen weiterzugeben. Sie werden es dir danken.

Bild: Stelle dir einen Ort vor, der mit deinem Peiniger zu tun hat. Das kann sein: Klassenzimmer, Schulhof, Jugendzentrum, Vereinsheim, Sportgruppe etc.
An diesem Ort stehen mehrere Menschen zusammen. Dein Peiniger ist auch dabei. Du begrüßt alle mit einem Hallo und gehst dann auf deinen Peiniger zu. Du begrüßt ihn freundlich. Er erwidert deine Freundlichkeit. Du unterhältst dich mit ihm. Er sagt: „Du bist ja ein netter Kerl (gilt auch für weibliche Personen). Ich sehe ein, daß ich einen Fehler gemacht habe, als ich dich so schlecht behandelt habe. Es tut mir leid.

Vorbemerkung: Der Buchstabe „X" steht für den Namen. Wenn du aber den Namen gar nicht kennst, gib der Person einen Phantasienamen wie „der Lockige" oder „die Latte" etc. Du weißt ja, wie die Person aussieht.

Text: Nun sprich folgenden Text in Gedanken. X läßt mich in Ruhe. Ich bin ihm gleichgültig. X wendet sich von mir ab, und ich bin Luft für ihn/sie. Sein/ihr Interesse an mir ist völlig verschwunden. X geht von jetzt ab gedankenlos an mir vorbei, und ich bin ihm/ihr völlig gleichgültig. Ich freue mich, daß ich von dieser Bedrohung jetzt befreit bin. Ich fühle mich wieder frei und leicht. X läßt mich von jetzt ab in Ruhe. Ich bin ihm/ihr jetzt ab völlig gleichgültig.

2. Eine Schutzhülle gegen alles

Im Anschluß an das heutzutage äußerst wichtige Mentaltraining für die eigene körperliche Sicherheit und Unversehrtheit möchte ich noch eine andere einfache und sehr wirksame Methode für den

Schutz des Körpers und aller wichtigen Gegenstände hinzufügen. Die Überschrift dieses Absatzes sagt es schon aus. Du sollst dir eine Schutzhülle erschaffen. Du sollst um deine Person eine eiförmige Schutzhülle bilden, die niemand durchbrechen kann. Je öfter du diese Schutzhülle um dich erschaffst, umso stärker und undurchdringlicher wird sie werden.
Wenn du ängstlich bist, rate ich dir, ohne deine Schutzhülle nicht in die Schule zu gehen. Erschaffe sie täglich, während du am Frühstückstisch sitzt oder wenn du dich auf den Weg zur Schule oder Bushaltestelle begibst.
Du kannst dieses Schutzei jederzeit erneuern oder verstärken, z. B. wenn du dich auf dem Schulhof aufhalten mußt.
Ich selbst schaffe diese Hüllen für Haus und Auto, wenn ich diese Gegenstände verlassen muß und natürlich auch für meine Person, wenn ich abends von meiner Seminartätigkeit durch die Nacht gehen muß. Es hat immer gewirkt.
Doch habe ich mich trotz dieser Kunst nie zum Leichtsinn verführen lassen. Die Angst ist eine normale und angeborene Schutzfunktion bei jedem Lebewesen. Man darf sie nicht unterdrücken, um sich evtl. etwas zu beweisen. Sie sorgt auch für Ideen und Intuition, wie man Gefahren aus dem Weg gehen kann. Unterdrücke die Angst nie. Betrachte sie auch als Warnung aus deinem Unterbewußtsein. Du siehst, das Unterbewußtsein hat auch eine Wächterfunktion.

Wie erschafft man sich seine Schutzhülle? Ich möchte diese Hülle als Schutzei bezeichnen, weil diese Form für den menschlichen Körper am leichtesten vorstellbar ist. Also, wie erschaffe ich mir mein Schutzei? Wie erschaffe ich ein Schutzei für mein teures Fahrrad? Wie erschaffe ich ein Schutzei für meine Kleidung bei Sportaktivitäten etc.?

Wie macht man das?

Die Technik ist folgende: Setze dich auf einen Stuhl und versetze dich in den meditativen Zustand. Dann stelle dir vor, daß du von einer dichten, eiförmigen Nebelhülle umgeben bist. Du mußt diese Vorstellung mit geschlossenen Augen vollkommen beherrschen. Danach übe es auch mit offenen Augen. Eine tägliche Übung von wenigen Minuten reicht aus. Nach etwa 8 – 10 Tagen beherrschst du es. Kinder und Jugendliche erlernen solche Dinge viel schneller als Erwachsene.

Wenn du dann dieses Ei zuverlässig und in kurzer Zeit um dich herum erschaffen kannst, tue es täglich, bevor du dich ins alltägliche Gewühl stürzt. Es dauert ja nur wenige Sekunden, wenn du es gründlich geübt hast und es jetzt vollkommen beherrschst. Nach der gelungenen Erschaffung deiner Schutzhülle denke die folgende Suggestion: „Ich bin geschützt durch die allerhöchsten Kräfte und Mächte. Niemand kann meine Schutzhülle durchbrechen. Mein Leib und mein Leben sind vor allen Gefahren geschützt."

Wenn du wertvolle Gegenstände aus deinem Besitz schützen willst, so erschaffe das Schutzei um den jeweiligen Gegenstand. Er wird dir erhalten bleiben.

16

Effektiver lernen und besser behalten

Wer alle Ausführungen verstanden und eingesehen hat, wer sich sogleich an die Arbeit gemacht hat, wer schon Erfolge verbuchen kann, der wird vielleicht schon von selbst auf die im folgenden beschriebenen Lernmethoden gekommen sein oder diese Möglichkeiten vielleicht wenigstens erahnt haben ohne wirklich zu wissen, wie man sein Unterbewußtsein auch für das Lernen einsetzen kann. Ja, man kann.

Bei zwei der hier vorgestellten Methoden wird die besonders stark ausgeprägte Fähigkeit des Unterbewußtseins, auf Bilder zu reagieren, eingesetzt und genutzt. Du weißt ja inzwischen, daß beim Mentaltraining das Bild an erster Stelle steht.

Das Bewußtsein, also intellektueller Verstand, bedient sich beim Lernen und Behalten des Unterbewußtseins, dessen Fähigkeiten und Einsatzgebiete ihm ja jetzt nach all den Erklärungen im Verlaufe dieses Buches bekannt sind.

Nochmals betone ich an dieser Stelle, daß das Mentaltraining uns zum Herrscher über das Unterbewußtsein und zu dessen Nutznießer macht, damit dieses uns keine Streiche mehr spielen und keine Leiden mehr bescheren kann und daß es für alle eigenen Ziele eingesetzt werden kann. Seine Kräfte sind ja unendlich. Für das Lernen kann es hervorragende Dienste leisten.

Die assoziative Lernmethode

Das Bewußtsein, das ja nun die hervorragenden und besonderen Fähigkeiten des Unterbewußtseins kennt, erdenkt zu gewissen Dingen, die es sich unbedingt merken muß, wobei es aber Schwierigkeiten hat, ein ganz einfaches kleines Bild (eine Assoziation). Das Unterbewußtsein nimmt dieses Bild sofort an und speichert es zu-

sammen mit dem Wort, das behalten werden soll. Wenn dann dieses Wort zu gegebener Zeit erinnert werden muß, gibt das Unterbewußtsein sofort das Bild frei, denn das fällt ihm am leichtesten. Und dazu fällt dem Bewußtsein sofort und sozusagen als Nebenprodukt des Bildes das Wort, der Name oder der Satz, evtl. die Situation, ein.
Ein Text oder Stoff kann in Abschnitte aufgeteilt werden, die mehrere Sätze in einem merkenswerten Satz oder Begriff zusammenfassen, den man sich dann einprägen will.
Dazu gehe Schritt für Schritt vor. Jeder in einem Satz zusammengefaßte Abschnitt oder jedes merkenswerte Wort erhält ein sogenanntes assoziatives Bild oder auch nur Wort.
Aus dem folgenden Beispiel wirst du ersehen, was gemeint ist. Mit Absicht wählte ich einen eher unsinnigen Text, die Historiker mögen mir verzeihen, um zu beweisen, daß auch Derartiges mit Hilfe der Assoziationsmethode langfristig gemerkt werden und dann auch zuverlässig zur Verfügung stehen kann. Die Laufbahn eines Schülers ist ja voll von schwer zu lernendem Stoff. Diese Methode hilft.

Beispiel: „Geschichte"
Reichspräsident Hindenburg. Nach dem Tode Friedrich Eberts (28. Februar 1925) werden nicht weniger als sieben Männer von den Parteien für seine Nachfolge vorgeschlagen. Im zweiten Wahlgang stellen die Deutschnationalen und andere rechtsstehende Parteien den Generalfeldmarschall „von Hindenburg" auf. Er erhält die Mehrheit (26. April 1925). Diejenigen Wähler, die auf einen scharfen Ruck nach rechts gehofft haben, sehen sich freilich durch seine Amtsführung enttäuscht.

1. Tode	– Toter im Sarg
2. Ebert	– Eber (männliches Schwein)
3. sieben Männer	– sieben Zwerge
4. Parteien	– CSU, SPD, FDP, GRÜNE
5. 2. Wahlgang	– 2x ins Wahllokal gehen. Dieses hat die große Aufschrift „Wahllokal"

6. rechtsstehende Parteien	– CDU an meiner rechten Seite
7. Generalfeld-marschall von Hindenburg	– Hündin mit Jungen vor einer Burg
8. erhält Mehrheit	– große Menge im Burghof; eine Person außerhalb von der Burg
9. kein scharfer Ruck nach rechts	– rechte Hand zieht ganz schwach an einem Seil

Du wirst es nicht so leicht wieder vergessen. Wenn du dir nun jeglichen zu erlernenden Text in Abschnitte aufteilst und diese nacheinander – vielleicht jeden Tag einen – auf diese Weise lernst, werden sämtliche mühsamen Wiederholungen, die oft sehr zeitaufwendig sind, überflüssig. Denn so gelernt, behältst du den Stoff. Nun denkst du vielleicht, du müßtest die zu lernenden Texte schriftlich so vorbereiten, wie es hier gemacht wurde. Keineswegs, denn der Zeitaufwand würde sich auf keinen Fall lohnen. Du suchst dir die Vorstellungsbilder während des Lesens und lernst sie gleich mit. Du leistest reine Kopfarbeit und gleichzeitig Vorstellungsarbeit. Du wirst sehen, wie schnell du Routine bekommst, und daß das Lernen immer schneller und auch lustiger bewältigt wird.

Lernen mit geschlossenen Augen

Mit geschlossenen Augen läßt es sich hervorragend lernen. Wiederum nutzt man die Fähigkeit des Unterbewußtseins, auf Bilder besonders stark zu reagieren. Man lernt mit vorgestellten Bildern. Angenommen der Lernstoff lautet: Blutkreislauf und Herztätigkeit. Betrachte die Bilder in deinem Biobuch und lies dazu die schriftlichen Informationen. Mache dir die komplizierten Vorgänge klar. Dann schließe die Augen und lasse den gesamten Vorgang vor deinem geistigen Auge in allen Einzelheiten ablaufen. Wiederhole das noch dreimal. Und das genügt. Von jetzt ab weißt du Bescheid und kannst jederzeit das Gelernte aus dem Unterbewußtsein wieder abrufen. Die Bilder „sitzen", der Lernstoff „sitzt" auch. Ein in der Vorstellung gesehenes Bild gilt genauso viel wie ein tatsächlich gese-

henes Bild. Doch der große Vorteil ist, daß ein vorgestelltes Bild gleichzeitig und zwangsläufig in das Unterbewußtsein eingespeichert wird, also eine für das Lernen und Behalten sehr empfehlenswerte Methode.
Ein komplizierter und schwieriger Lernstoff kann auch in einzelne kleine Schritte aufgeteilt werden. Jeder Schritt wird dann so gelernt, wie soeben beschrieben.
Du hast dir nun deinen Lernstoff mit Hilfe des Unterbewußtseins, mit Hilfe des Vorstellungsvermögens, bei geschlossenen Augen angeeignet. Wenn du im Schulunterricht aufgefordert wirst oder dich selbst dafür meldest, einen Vortrag über das Gelernte zu halten, so frage, ob du dabei die Augen schließen darfst, das nur, um eventuellen „Witzbolden" in deiner Klasse den Wind aus den Segeln zu nehmen. Wenn du dann deinen Stoff einwandfrei und flüssig vorträgst, wird sich niemand mehr über dich lustig machen, ganz im Gegenteil, sie werden dich fragen, wie das geht.
Im Laufe der Zeit wird jeder, der das Mentaltraining ernsthaft betreibt, auch in der Lage sein, sich alles auch mit offenen Augen vorstellen zu können. Dann kann er wirklich überall sein Mentaltraining betreiben, kann jede Minute des Tages ausnutzen und muß nicht zu Hause seine kostbare Zeit dafür aufwenden. Und er kann Bilder aus dem Unterbewußtsein mit offenen Augen abrufen.
Auch Texte, deren Inhalt du dir merken mußt, kannst du mit der Augen-zu-Methode schnell lernen. Nach jedem Abschnitt schließe die Augen und produziere einen „Film", den du dir ansiehst. Zum Schluß schaue dir deinen Film noch einmal im Zusammenhang an und sage danach den Inhalt laut auf. Du wirst den Stoff nicht mehr vergessen.
Sollte eine Person zur Verfügung stehen, die den Stoff langsam vorliest, während du selbst konzentriert und mit geschlossenen Augen den „Film" ablaufen siehst, geht das Lernen noch schneller.

Das Endlos-Tonband

Zum Schluß noch eine Methode, bei der der bewußte Verstand auch seine Kräfte schonen kann. Sie eignet sich für Texte, die auswendig gelernt werden müssen. Sie eignet sich aber auf keinen Fall

für das Lernen von Vokabeln einer Fremdsprache, weil dabei die Schreibweise der Wörter nicht gelernt wird, und es würde dann nur noch Fünfen hageln.
Man muß sich ein sogenanntes Endlos-Tonband besorgen. Darauf spricht man den Lernstoff, das Gedicht oder den bestimmten Abschnitt aus dem Buch und läßt es tagsüber ablaufen. Dabei braucht man bewußt gar nicht zuzuhören und kann irgendwelche mechanischen Tätigkeiten wie Basteln, Handarbeiten, Unkraut zupfen, Kochen etc. erledigen. Das Unterbewußtsein speichert das nur so nebenbei Gehörte ins Gedächtnis ein. Nach einiger Zeit sagt man das Gelernte einige Male laut auf und kontrolliert, ob auch alles sitzt.

Eine gut entwickelte Phantasie bringt dich im Leben besser voran

Wenn du die oben beschriebenen Lernmethoden, die ja die Vorstellungskraft enorm fordern und fördern, anwendest, wirst du feststellen, daß dein geistiges Bildersehen sich sehr stark entwickelt hat.
Für diese Fähigkeit gibt es ein aus dem Griechischen stammendes Wort, es heißt Phantasie. Wörtlich übersetzt bedeutet dieses Wort „Vorstellung", „Bild". Das erinnert natürlich gleich an Mentaltraining, weil man mit dessen Hilfe diese so wichtigen Fähigkeiten ausbildet und schult.
Die Phantasie ist unsere größte Gabe. Wer diese in sich verdorren läßt, ist arm dran. Wer sie fördert und sich darin übt, kann zu bemerkenswerten Erfolgen gelangen.
Sämtliche berühmte Menschen waren bzw. sind mit großer Phantasie ausgestattet.
Daß ein Künstler ohne Phantasie nie ein solcher werden kann, weiß jeder. Daß aber auch Wissenschaftler wie Forscher, Mathematiker, Physiker und Ärzte Phantasie brauchen, um zu wichtigen Ergebnissen zu kommen, glaubt kein Mensch. Aber es ist so. Alle Nobelpreisträger hätten ohne Phantasie diesen Preis nie errungen.
Hier zeigt sich, was ich im Verlaufe dieses Buches immer wieder zu

verdeutlichen versuche, nämlich, intellektuelles Bewußtsein, das die Fähigkeit des Unterbewußtseins, wozu ja auch die Phantasie gehört, für seine Arbeit und für seine Ziele einsetzt, erzielt die höchsten Ergebnisse und kommt zu den ungeahntesten Erkenntnissen und auf die großartigsten Erfindungen.

Mit einer gut entwickelten Phantasie wird der Mensch schöpferischer und kreativer auf allen Gebieten.

Schon vorher habe ich erklärt, daß auch in der Naturwissenschaft die Phantasie ein sehr wichtiger Bestandteil der wissenschaftlichen Arbeit ist, obwohl gerade in dieser alles berechenbar sein soll und natürlich auch ist. Doch wie soll einer ohne Phantasie, ohne Bildvorstellungsvermögen auf etwas kommen? Da sind die Naturwissenschaften nicht ausgenommen.

Wenn Albert Einstein keine großen schöpferischen Fähigkeiten gehabt hätte – denn er war auch ein hervorragender Geiger – so hätte er nie die großartige Relativitätstheorie entwickeln können. Zuerst hatte er die Idee, und ganz zuletzt erst suchte er nach der Formel dafür und fand sie schließlich. Das Unterbewußtsein, das ja, wie wir wissen, nie schläft, hat ihn eines Nachts darauf gebracht. Ganz einfach, weil er sich Tag und Nacht, wie man ja so schön sagt, damit beschäftigt hat. Schließlich war das Unterbewußtsein so auf die Suche nach einer für alle verständlichen Formel programmiert, daß es ihm die Formel lieferte. Ist es nicht wunderbar, daß diese einzigartige Kraft immer zu unserer Verfügung steht? Wir müssen nur wissen, wie wir sie für uns selbst aktivieren.

17

Mit Phantasie Besseres leisten

Intellekt und Phantasie gehören zusammen

Wenn Du bis jetzt intensiv und gut gearbeitet hast, müßte die Entwicklung deiner Phantasie schon einen ziemlich hohen Stand erreicht haben. Und du müßtest schon in der Lage sein, sie überall einzusetzen. Deine Phantasie ist dein Inneres, der Intellekt ist deine bewußte geistige Aktivität. Beides muß gleichberechtigt nebeneinander wirken, nur dann wirst du optimale Leistungen erbringen. Vernachlässige keine dieser dir gegebenen großartigen Fähigkeiten. Nutze deine Phantasie für deine schulische Arbeit, du wirst erfolgreich sein.

1. Aufsatz schreiben

Schlechte Aufsätze sind ein Zeichen mangelhafter Phantasie und mangelhaften Vorstellungsvermögens. Du leistest auf diesem Gebiet mehr, wenn du deine Phantasie verstärkt einsetzt. Vorstellungskraft und Phantasie hast du ja inzwischen durch intensives Üben entwickelt.
Wenn du in der Schule die drei üblichen Aufsatzthemen an der Tafel siehst, so schließe die Augen und laß für jedes Thema Bilder in dir aufsteigen. Sei dabei entspannt und gut auf das jeweilige Thema konzentriert. Hierbei wirst du schon deutlich merken, zu welchem Thema du am meisten zu sagen hast.
Nun hast du dich für ein Thema, für *das* Thema, entschieden. Schließe wieder die Augen und konzentriere dich nur auf dieses Thema. Warte geduldig, was da in dir aufsteigt. Dann hast du schon

die wichtigsten Anhaltspunkte, ein gewisses Gerüst, das du nun mit Gedanken ausfüllst.
Du wirst merken, daß mit dieser Methode das Aufsatzschreiben seine Schrecken verliert.
Hast du eine Erlebnisschilderung zu schreiben, so verfahre genau wie vorher beschrieben. Bevor du anfängst zu schreiben, erlebe alles deutlich in deiner Phantasie, jede Einzelheit. Danach brauchst du es nur noch aufzuschreiben und dich auf einen guten Stil zu konzentrieren.
Bei Phantasieaufsätzen machst du es genauso. Du wirst staunen, wie lebendig deine Schilderungen sein werden, denn du hast sie ja in deiner Phantasie richtig erlebt. Du wirst feststellen, daß du plötzlich gerne Aufsätze schreibst, weil du Erfolg haben wirst.
Was glaubst du denn, wie Karl May seine so erfolgreichen und bei allen beliebten Bücher geschrieben hat? Nur mit Phantasie, die bei ihm intensiv vorhanden war und die er natürlich mit jedem Buch weiterentwickelt und verfeinert hat.
Ich verspreche dir nicht, daß du ein zweiter Karl May wirst, aber das Aufsatzschreiben wird dir leichter fallen und dir vielleicht sogar Spaß machen.

2. Bilder gestalten im Kunstunterricht

Schlechte Bilder im Kunstunterricht sind auf mangelnde Phantasie und mangelndes Vorstellungsvermögen zurückzuführen. Denn schöpferische Fähigkeiten sind im Kunstunterricht oberstes Gebot. Jeder trägt die Möglichkeiten und die schöpferischen Anlagen in sich, man darf sie nur nicht verkümmern lassen. Man muß sie entwickeln und zu größtmöglichen Leistungen ausbauen. Und das erfordert nicht einmal viel Zeit und schon gar keine Kraft. Ganz im Gegenteil, es macht große Freude und macht jeden um vieles reicher.
Wenn du das Thema oder die Aufgabe in der Kunststunde erhalten hast, fange nicht gleich an herumzuprobieren. Denn das hast du gar nicht nötig. Laß das Thema auf dich wirken. Dann schließe die Augen und stelle dir das Kunstwerk vor, zunächst nur grob, dann füge immer mehr Einzelheiten hinzu. Wenn du nicht mehr weiter weißt, schalte deine sämtlichen Gedanken und Vorstellungen aus,

und laß die Bilder von selbst in dir aufsteigen. Dein Unterbewußtsein wird dir Bilder und Anregungen schicken.
Wenn das Kunstwerk in deiner Vorstellung nun vor dir steht, so kümmere dich um die Farben. Lege sie schon genau fest. Wenn dir dein Bild noch nicht hundertprozentig gefällt, so tausche Gegenstände und Farben aus, stelle Gegenstände an eine andere Stelle oder wähle für sie andere Farben. Das ist ja gerade das Schöne an dieser vorgestellten Ausführung, du kannst alles austauschen, kannst die Farben wechseln ohne Geschmiere, ohne Übermalen, ohne Auslöschen ohne Ausradieren, ohne wütendes Zusammenknüllen des ersten Versuches, weil er dir nicht gefällt.
Wenn nun dein Kunstwerk oder Bild, deine Federzeichnung, Radierung, Collage und was es sonst noch sein könnte, in deiner Vorstellung vollkommen und zu deiner Zufriedenheit ausgefallen ist, so male es tatsächlich. Du wirst schneller fertig sein und nichts mehr zu ändern brauchen.
Du wirst dich wundern, wie gut deine Kunstwerke jetzt ausfallen.
Alle großen Künstler sind es nur, weil ihre Phantasie besonders ausgeprägt ist und sie auf sie achten und ihren Anregungen folgen.
Du hast auch genügend Phantasie, du mußt sie nur zu Wort kommen lassen und sie anregen, dir zu geben, was sie geben kann.

3. Referate halten

Referate sind für Schüler immer ein großes Problem. Man muß ganz allein vor der Klasse stehen und, was noch schlimmer ist, der Lehrer hört konzentriert und sehr kritisch zu und erteilt als Krone dieses Dilemmas auch noch eine Zensur, die – wie furchtbar – für das nächste Zeugnis von großer Bedeutung ist. Denn durch Referate muß der Schüler viel beweisen, nämlich wissenschaftliches Arbeiten, Fähigkeit zur Stoffauswahl, Stil, Sprechfähigkeit, Verständlichkeit für die Zuhörer, Einsatz von Anschauungsmaterial im richtigen Augenblick, souveräne Haltung vor der Klasse während des Referates.
Das alles sind sehr hohe Anforderungen, denen sich nicht alle Schüler gewachsen fühlen. Daher die hier gegebenen Hilfen.
Das Referat muß ausgearbeitet werden, darüber gibt es keinen Zweifel. Es muß auch gelernt werden, weil man es nicht ablesen

darf. Das ist auch klar. Doch die ausschlaggebende Schwierigkeit eines gut vorbereiteten und gut gelernten Referates ist der souveräne Vortrag vor so vielen kritischen Ohren und auch – nicht zu vergessen – Augen.
Aufregung und Stottern können das gesamte Referat in der Endwertung herabmindern. Und das kann man durch Mentaltraining beeinflussen.
Übe zwei bis drei Wochen vor dem Referatstermin folgendermaßen:

Bild: Du stehst vor deiner Klasse völlig souverän und selbstbewußt. Alle schauen interessiert und anerkennend auf dich. Du hältst dein Referat. Alle applaudieren. Der Lehrer lobt dich und schreibt eine Eins in sein Buch.

Suggestion: Ich bin ruhig und gelassen. Ich kann mich an alles erinnern, was ich für das Referat gelernt habe. Ich spreche langsam und deutlich. Ich stehe über den Dingen.

4. Diktakte schreiben

Beim Diktatschreiben kommt es sehr häufig vor, daß Schüler bei einer Übung zu Hause kaum Fehler machen, weil sie in der Rechtschreibung eben eigentlich gar nicht schlecht sind. Beim Diktat durch den Deutsch- oder Englischlehrer in der Schule versagen sie aber. Und ein Versagen zieht häufig andere Versagen nach sich. Warum? Der Schüler ist unsicher, ängstlich und verkrampft. In solch einem Zustand ist Konzentration nicht möglich. Und diese ist beim Diktat besonders wichtig, da man ja nicht viel Zeit zum Überlegen hat. Alles muß im Tempo des Diktates geschrieben werden, und wenn dem Schüler ein Fehler aufgefallen ist, so hat er kaum Ruhe, ihn zu verbessern, denn das Diktat geht weiter. Solch eine Situation beeinträchtigt noch zusätzlich die Konzentration. Die Nervosität nimmt zu, und der Teufelskreis schließt sich.
Mit Hilfe der folgenden Vorschläge wirst du nun diesen Teufelskreis durchbrechen können und zwar für immer.

Bild: Du siehst dich in der Schule beim Diktatschreiben. Du bist ruhig und fröhlich. Du weißt, daß du alle Wörter schreiben kannst.
Du hast im Diktat eine gute Zensur. Der Lehrer lobt dich.
Du kommst mit dem Diktat nach Hause. Alle freuen sich und gratulieren dir.

Suggestion: Ich kann alle Wörter schreiben, die im Diktat vorkommen. Ich bin ruhig und gelassen. Ich kann mich sehr gut konzentrieren.

Zum Schluß noch ein wichtiger Hinweis. Ein Diktat wird ja vor dem Diktieren einmal vorgelesen. Wenn das geschieht, so höre nicht nur passiv zu, sondern stelle dir jedes Wort vor deinem geistigen Auge vor. Du mußt das gesamte Diktat in deiner Vorstellung mitlesen. Dabei werden dir schon Unsicherheiten in der Schreibweise auffallen, die du im Geiste korrigieren kannst. Wenn das Diktat geschrieben werden muß, sind dir schon alle Wörter geläufig, du kannst ohne Angst und mit Konzentration arbeiten.

5. Nacherzählungen, auch in einer Fremdsprache

Wenn die Geschichte vorgelesen wird, so laß alles wie einen Film vor deinem geistigen Auge ablaufen. Stelle dir jede Einzelheit sogleich lebhaft vor. Du wirst feststellen, daß du die Geschichte viel besser behältst.
Während des Aufschreibens bist du dann die Sorge um den Inhalt schon einmal los und kannst dich völlig auf Sprache, Grammatik und Gestaltung des Stoffes konzentrieren.
Du läßt den einprogrammierten Film nochmals ablaufen. Du hast dir dann schon einmal einen Bonus in bezug auf die Inhaltspunkte geschaffen und kannst ruhiger die Rückgabe der Klausur entgegensehen.

18

Das Unterbewußtsein ist auch im Schlaf aktiv

Im Schlaf lernen

Dein Unterbewußtsein ist immer wach und aktiv. Es schläft nie. Es ist immer bereit, etwas für dich zu tun, auch im Schlaf. Ich denke jetzt nicht an das Endlostonband, das man, mit Vokabeln besprochen, laufen lassen kann, während man schläft. Es ist sicher keine ganz verkehrte Sache, doch in den Tiefschlafphasen ist das Unterbewußtsein nicht sehr aufnahmefähig. So kann der Text des Tonbandes nur in den flacheren Schlafphasen gut aufgenommen werden. Und dabei besteht die Gefahr des Aufwachens, der Schlaf wird gestört, und der Vokabeltest am nächsten Tag fällt besonders schlecht aus, weil man schlecht geschlafen hat und müde in die Schule geht.

Manche Kinder können bei laufendem Tonband, auf dem immer nur das gleiche zu hören ist, erst gar nicht einschlafen. Es gibt auch Menschen, die schlafen die ganze Nacht so tief, daß das laufende Tonband kaum Erfolg bringen würde.

Es sei hier aber nichts gegen das Lernen mit einem Tonband oder einer Endloskassette gesagt. Das ist sogar sehr effektiv, wenn man das Band in wachem Zustand laufen läßt, während man mit einer Arbeit beschäftigt ist, die keine ausgesprochen geistige Konzentration erfordert, wie zum Beispiel Abtrocknen, Unkraut ziehen, Staubwischen, Basteln, Malen, Tapezieren, Wände anstreichen, Briefmarken sortieren und so weiter. Und wenn du dann deinen Text ablaufen läßt, brauchst du nicht einmal konzentriert zuzuhören, ja, es kann sogar besser sein, wenn man nicht ständig bewußt zuhört. Das Unterbewußtsein nimmt es auf.

Nun komme ich noch einmal darauf zurück, wie du den Schlaf für

das Behalten von Gelerntem nutzen kannst. Du kannst im Schlaf von der Aktivität deines Unterbewußtseins profitieren.
Wenn du einen Stoff für eine Überprüfung mündlicher oder auch schriftlicher Art oder ein Gedicht am folgenden Tag gut beherrschen mußt, so lerne es nach der in Kapitel 12 beschriebenen Methode oder auch auf die herkömmliche Weise.
Wenn du nun ins Bett gehst, lies alles noch einmal, knipse die Nachttischlampe aus und nimmt deine Schlaflage ein. Nun wiederhole den Lernstoff noch einmal, so daß du darüber einschläfst. Zwischendurch suggeriere dir öfter den Satz: *Ich weiß alles, was ich gelernt habe.* Während du jetzt schläfst und dich gut ausruhst, wird dein Unterbewußtsein die ganze Nacht aktiv sein und den Lernstoff in sich aufnehmen. Am nächsten Tag fällt dir sofort alles wieder ein, und du kannst dich in der Schule freiwillig zum Vortrag melden oder ganz ruhig die Klassenarbeit schreiben.

Verlorene Gegenstände

Auch beim Verlust eines Gegenstandes laß dein Unterbewußtsein für dich arbeiten, denn es vergißt nie etwas. Du hast sicher schon einmal etwas verloren und konntest es nicht wiederfinden, obwohl du überall gesucht hast, sogar mehrmals, denn du brauchtest diesen Gegenstand dringend. Auch für diesen Fall gibt es eine absolut sichere Methode.
Vor dem Einschlafen stelle dir diesen Gegentand ganz intensiv vor und frage: *„Wo ist er?"* Tue das jeden Abend unmittelbar vor dem Einschlafen, so daß du letztendlich auch darüber einschläfst. Mache es bis zum Erfolg.
Ich möchte hier ein eigenes Erlebnis anführen, um aufzuzeigen, wie das Unterbewußtsein hilft. In vielen Fällen fiel mir schon morgens zwischen dem Aufwachen und dem Öffnen der Augen ein, worum ich mein Unterbewußtsein gebeten hatte. Doch ein Fall war hartnäckig. Die Arbeit, um das Unterbewußtsein um Hilfe zu bitten, dauerte drei Abende, also genau gesagt, ich mußte drei Nächte lang mein Unterbewußtsein aktivieren. Das Unterbewußtsein sagte mir aber auch am dritten Morgen nicht, wo der Gegenstand

lag. Aber es veranlaßte mich plötzlich am Nachmittag, doch wieder einmal auf die Suche zu gehen. Bis dahin hatte ich bestimmt schon zwanzigmal gesucht. Also ich suchte wieder, aber dieses Mal nicht lange. Plötzlich „sollte" ich mich auf den Fußboden knien und mit der Hand in den linken – es war spontan der linke, nicht der rechte oder ein hinterher! – eckenförmigen Fuß einer Truhe von der Seite hineingreifen. Dort lag der Gegenstand. Mein Bewußtsein hat lange gesucht und konnte nichts finden. Leider kam mir die Idee, mein Unterbewußtsein zu aktivieren, recht spät, erst, als ich völlig verzweifelt war, weil ich diesen kleinen Gegenstand immer dringender brauchte und er nicht so einfach zu kaufen war.

Jeder kann das Unterbewußtsein für sich aktivieren

Nun versuche auch du, dein Unterbewußtsein für dich arbeiten zu lassen. Es wird es sehr gern tun. Es wird sich freuen, daß du es endlich entdeckt hast und ihm Aufgaben erteilst, die du mit dem Bewußtsein allein nicht bewältigen kannst.
Dein Unterbewußtsein will, daß du gesund, zufrieden und glücklich bist und wird alles dafür tun. Du mußt es für dich arbeiten lassen. Aber vergiß auch nicht, ihm für seine Hilfe zu danken. Dein Unterbewußtsein ist dein bester Freund, zuverlässig und immer hilfsbereit – immer, Tag und Nacht.
Vergiß nie, was für ein riesiges Kräftepotential du für dich besitzt. Nutze es zu deinem Vorteil.

19

Der innere Helfer

Jeder trägt den inneren Helfer in sich

Nun noch eine Lektion für Fortgeschrittene.
Ich knüpfe an das am Schluß des 10. Kapitels Gesagte an. Nachdem ihr das gelesen hattet, tauchten sicher viele Fragen in euch auf. Deshalb soll hier noch mehr über den inneren Helfer gesagt werden.
Jeder trägt ihn in sich. Es ist die innere Stimme, die zu hören man lernen muß. Es ist die unbewußte Regung, die man spürt. Manchmal spürt man sie sehr deutlich, manchmal wird sie vom Bewußtsein laut übertönt oder auch erstickt, und dann ist sie unspürbar oder fast unspürbar.

Beispiel eines unbewußten Vorgangs

Hier ein deutliches Beispiel für die unbewußten Vorgänge, die jeder versteht, weil er es schon einmal selbst erfahren hat oder aber noch erfahren wird.
Ein Verliebter verspürt Herzklopfen, wenn er seine Angebetete sieht, er wird rot, fängt an zu stottern oder ähnliches. Ihr wißt selbst, wie es weitergeht. Er versucht zwar, mit seinem Bewußtsein diese unbewußten seelischen Regungen zu unterdrücken und andere, wie Forschheit, Grobheit, Gleichgültigkeit, bewußt dagegenzusetzen. Aber trotz großer Anstrengung gelingt das nicht vollkommen. Zumindest das Herzklopfen wird man nicht in den Griff bekommen. Aber das ist ja auch nicht so wichtig, denn das hört die Betroffene ja auch nicht.

Die innere Stimme hat etwas zu sagen

Man sollte immer darauf achten warten, was die innere Stimme zu sagen hat. Man muß sich empfänglich dafür machen.
Die innere Stimme, der innere Helfer, will uns vor unseren eigenen bewußten Entscheidungen, die uns vielleicht zum Nachteil oder sogar zum Schaden sind, warnen. Er warnt sehr intensiv, das nennen wir auch Gewissen. Wer schon so abgestumpft ist, daß er es gar nicht mehr hört, ist sehr schlecht dran. Manche wollen es auch nicht hören.
Es braucht nur Übung, und man kann diese innere Stimme wieder hören. Durch Entspannung und *In-sich-Hineinlauschen* schafft man es bald.
Andere Menschen sind nicht abgestumpft, aber sie übertönen ihre innere Stimme mit ihrem bewußten Willen, mit dem *Ich-will-aber.* Diese sollten sich zunächst für ihre innere Stimme sensibilisieren, das heißt empfänglich machen und diese bei Problemen sprechen lassen.
Danach können sie die Anregungen durch den inneren Helfer überdenken und haben dann noch immer genügend Zeit, seinen Rat gegen das *Ich-will-Bewußtsein* abzuwägen. Man kann ja vielleicht auch einen Kompromiß schließen. Man sollte aber nicht vergessen, daß unser innerer Helfer weiß, was für uns gut ist.
Günstiger ist es, wenn man im Bewußtstein noch keine Entscheidung getroffen hat und dann den inneren Helfer sprechen läßt. Dann pfuscht einem das Bewußtsein nicht hinein, und man hört die Stimme in sich deutlicher. Denn das Unterbewußtsein ist allwissend, und man kann ruhig ernst nehmen, was es sagt. Denke aber immer daran, den schon im Bewußtsein gefaßten Beschluß auszuschalten.

Wie man den inneren Helfer fragt

Versenke dich in eine gute Entspannung, wie sie im Kapitel 8 dieses Buches beschrieben wurde. Sorge dafür, daß sämtliche Gedanken zu fließen aufhören und dein *Ich-will* wie mit einem Hebel abgeschaltet wird.

Senke den Kopf ein ganz klein wenig nach vorn. Das gibt dir das Gefühl, in dich hineinzuschauen und erleichtert dir die Vorstellung von deinem Inneren, in dem es tief und ruhig und schön ist.
Hältst du den Kopf geradeaus, so wie es für die normale Entspannung richtig ist, so ist die Vorstellung des Inneren eine größere Anstrengung, denn man kann nicht das Gesicht gegen eine Wand richten und sein Inneres sehen wollen.
Wenn du nun genug entspannt bist und den Blick deines geistigen Auges nach innen gerichtet hast, konzentriere dich völlig und absolut auf die Bilder, die aus deinem Unterbewußtsein aufsteigen. Das kann alles Mögliche sein, Farben, Figuren, Tiere, Pflanzen, skurile Formen, ineinanderfließende, wolkenartige Gebilde, auch farbige. Sieh einfach zu, denn es macht Spaß.
Davon bist du so gefangen, weil es sehr interessant ist, daß du alles andere vergißt, auch alle störenden Gedanken. Dein Kopf wird immer freier für die Innenschau, und die Konzentration auf dein Inneres nimmt in hohem Maße zu.
Nun erblickst du deinen inneren Helfer als Menschengestalt und trägst ihm deine Fragen oder dein Problem vor. Aber immer nur eine Frage oder ein Problem, und sie oder es muß klar und eindeutig formuliert sein. Dann schaue und lausche weiter und warte. Warte geduldig, warte so lange, bis etwas aufsteigt, entweder als Bild oder als wörtliche Antwort in deinen Gedanken.
Die Antwort kann sehr schnell kommen, so schnell, daß du deine Frage noch gar nicht zu Ende formuliert hast. Sie kann aber auch länger brauchen. Du mußt Geduld haben und warten können.
Wenn du das alles richtig machst, wirst du häufig sehr verblüfft sein über so manche Antwort, die dein Bewußtsein trotz aller Denkanstrengung noch nicht in Erwägung gezogen hat, es ist einfach noch nicht darauf gekommen. Und diese unerwartete Antwort erweist sich als die beste überhaupt, wenn das Bewußtsein sie dann mit seinem Nachdenken überprüft und beurteilt. Denn das sollte man immer tun: Die Antwort des inneren Helfers in sich bewegen und lange darüber nachdenken.
Je mehr Übung man hat, desto mehr kann man erfahren. Er ist aber eine Mühe, die sich lohnt, weil so manches bisher verschlossene Tor geöffnet wird und man in sein eigenes Haus hineinschauen darf.

Zum Schluß einer jeden Sitzung sollte man nie vergessen, seinem inneren Helfer für sein Dasein und für seine Hilfe zu danken. Man sollte auch dafür danken, daß man ihn in sich erkennen durfte und daß er da ist und unser treuer Diener ist.

20

Viel Erfolg

Ihr werdet Erfolg haben, wenn ihr alles genauso macht, wie es beschrieben wurde.
Wenn ihr alles gründlich gelesen habt und ungläubig staunt, was alles in euch, in eurem Innersten, in eurer Seele, in eurem Unterbewußtsein steckt, dann werdet ihr sagen: „Das ist zu schön, um wahr zu sein!" oder ihr sagt: „Wenn das wahr wäre, das wäre wunderbar!" oder ihr findet: „Wenn das so einfach wäre, das wäre schön!" und „Ich kann es nicht glauben, es erscheint mir zu einfach!"
Ich kann nur den einen Rat geben, probiert einfach alles aus und urteilt dann. Ihr werdet begeistert sein, denn von nun an könnt ihre eure Probleme selbst angehen und meistern. Was für eine wunderbare Aussicht, nie mehr von irgend jemanden abhängig sein zu müssen. Und den besten Freund, das Unterbewußtsein, den inneren Helfer immer bei sich zu haben, einen Freund, der geradezu darauf wartet, etwas für euch zu tun.
Es ist euch hier eine Anleitung gegeben, wie ihr ganz allein, ohne fremde Hilfe und ohne auf die Erwachsenen angewiesen zu sein, Probleme in den Griff bekommen könnt und sie sogar mit Geduld und Ausdauer ausmerzen könnt.
Ihr könnt gesundheitliche Störungen abstellen und euch ganz allein mit Hilfe eures besten und zuverlässigsten Freundes, mit Hilfe eures inneren Helfers, zu einem glücklichen Menschen machen.
Euer Unterbewußtsein ist euer Diener, der euch liebt, der alles für euch tut, was für euch gut ist. Und er tut es gern, denn je glücklicher ein Mensch ist, desto leichter wird er sein Leben meistern und desto mehr kann er positiv auf andere Menschen einwirken.
Beginne sofort mit dem Training deiner mentalen Fähigkeiten, um so eher ist dir der Erfolg sicher.
Nimmt zuerst dein größtes Problem in Angriff und arbeite bis zum Erfolg. Deine Überzeugtheit von dieser wunderbaren Arbeits- und

Erfolgsmethode wird dich fortstreben lassen, bis du alles, was dich an deinem Leben und an dir stört, in die richtige Balance gebracht hast und bis du ganz zufrieden bist.

Zu allen in diesem Buch behandelten Problemen und gesundheitlichen Störungen gibt es Tonbandkassetten. Jede Kassette beginnt mit einer Entspannungsübung und geht dann in die für den jeweiligen Fall notwendige Bildvorstellung und Suggestion über. Bestelle bitte unter folgender Adresse:

Gunda Lang
Postfach 310 211
27538 Bremerhaven